CORAZÓN ESCOCÉS

MIRANDA BOUZO

Editado por Harlequin Ibérica.
Una división de HarperCollins Ibérica, S. A.
Avenida de Burgos, 8B - Planta 18
28036 Madrid

© 2019 Silvia Fernández Barranco
© 2019, 2024 Harlequin Ibérica, una división de HarperCollins Ibérica, S. A.
Corazón escocés, n.º 293 - 24.4.24

I.S.B.N.: 978-84-1062-786-4
Depósito legal: M-4935-2024
Impreso en España por: BLACK PRINT
Fecha impresión Argentina: 21.10.24
Distribuidor exclusivo para España: LOGISTA
Distribuidor para México: Distibuidora Intermex, S.A. de C.V.
Distribuidores para Argentina: Interior, DGP, S.A. Alvarado 2118.
Cap. Fed./Buenos Aires y Gran Buenos Aires, VACCARO HNOS.

MIXTO
Papel procedente de
fuentes responsables
FSC® C159065

Capítulo 1

El llanto de un bebé al nacer rompió el silencio y se dejó oír por encima del aullar del viento. Los gruesos muros de piedra del castillo de Both no pudieron contener el primer aliento de vida de la pequeña criatura.

—¡Gracias al cielo! —exclamó Annie, la joven doncella que había servido de comadrona. Cogió el pequeño cuerpo para limpiarlo y separarlo de la madre. Con ternura lo estrechó contra su cuerpo para darle calor—. Mi señora, es una niña. Nunca podrán separarla de vos, los santos han escuchado vuestras plegarias.

Al no obtener respuesta giró la cabeza para mirar a la reciente madre. Su joven ama tenía la vista clavada en el bebé, con una sonrisa congelada en sus labios. A los pies de la cama, el mastín que siempre la seguía a todas partes, emitió un aullido lastimero. Su dueña había muerto.

El alma de aquella mujer adorable se escapaba de su cuerpo y Annie, aún con la niña en brazos, corrió a descorrer la tela que cubría el ventanal de la torre. Debía dejar marchar a las ánimas que la llevaban hasta su descanso eterno.

Era la festividad de Beltane y las hogueras ardían por toda la ladera frente al castillo. Una niebla densa las envolvía como si se tratasen de fuegos fatuos. Un escalofrío recorrió el cuerpo de la doncella mientras las lágrimas inundaban sus ojos castaños. Annie era sajona pero conservaba, al igual que su madre, las creencias de los antiguos habitantes de Escocia. Arrulló con determinación al bebé en sus brazos mientras miraba hacia la oscura lengua de mar que separaba Escocia de Irlanda.

Aebron Dougall entró en la habitación y la vio allí de pie, sumida en la tristeza. No tardó en adivinar lo que había ocurrido. Dejó la celebración en cuanto la doncella lo había mandado llamar, pero ya era tarde para despedirse de Maude y purgar sus propios pecados.

Vio la mirada fija y vacía de su hermana, tendida sobre la cama, entre mantas manchadas de sangre. Se acercó vacilante. Una vez más observó su belleza de cabellos dorados y sus ojos azules, ahora sin vida. Con un suspiro se inclinó sobre Maude y cerró sus ojos para siempre.

Apretó los puños con la impotencia de lo que suponía la muerte de su hermana. Era un guerrero escocés, jefe del clan, con el mayor poder sobre la zona más rica de Strathclyde y, con todo ello, no pudo evitar la deshonra de su hermana a manos de su rey. Malcolm pagaría algún día su osadía y la muerte del único ser que amaba.

Maude había esperado y esperado al rey mientras su vientre crecía, con la convicción de que volvería a por ella para curar su afrenta y desposarla por amor. Fue en vano, el rey nunca regresó. En el último mes de su embarazo llegó la noticia de su boda con la hija de un conde irlandés. Aebron miró al recién nacido: si era un niño, el rey lo reclamaría; si era una niña, poco más podía hacer que criarla junto a su clan. Una niña no valía nada si el rey tenía herederos varones.

Avanzó hasta Annie, la mujer que había desatendido sus obligaciones y había permitido a su hermana caer en las redes del pecado y la deshonra. En los ojos de la mujer comenzaba a verse el pánico. La criada se alejó de la ventana sujetando su preciada carga.

—¿Es un niño? —bramó con furia Aebron. Con un gesto violento destapó el cuerpo desnudo de la pequeña.

—No, mi señor, es una niña —balbuceó Annie temblando. Su corazón clamaba que debía proteger a la criatura, los hijos nunca deberían pagar los pecados de sus padres.

Lady Maude, en efecto, cometió un grave error, pero en su momento se creyó enamorada del imponente señor de Escocia, descendiente del primer rey Kenneth MacAlpin. Seducida por su hermoso rostro y la leyenda de su nombre, no tuvo la menor oportunidad de resistirse a que el rey le arrebatara su inocencia.

—Mi señor, dadme a la niña, os lo ruego. Yo la criaré como mía, no sabréis nada de ella. Os lo suplico —afirmó con el poco valor que le quedaba a su delgado cuerpo.

Aebron sopesó por un momento la opción que le brindaba aquella mujer y pasó las manos por su cabello como si la tarea de decidir el futuro de esa niña fuera lo más difícil que había hecho en la vida. Si algún día el rey osaba volver a traspasar sus murallas le diría que la niña había muerto junto a su madre.

Annie vio la duda en los ojos del *laird* y comenzó a albergar una pequeña esperanza de salir con la criatura del castillo, ambas vivas.

—Te mintió y te engañó, Aebron. Maude no era digna de ser una Dougall.

Ambos se volvieron mudos de asombro ante la voz que interrumpió tan importante decisión. Lady Aileen, la señora de Both y mujer de Aebron, lo miraba furiosa con sus ojos azul hielo.

—Tu hermana te mintió —repitió con dureza.

Avanzó hasta ellos y observó a la criatura con desprecio.

—Solo tuya, Aebron, será la responsabilidad si el rey vuelve a por ella algún día y la has entregado a una sirvienta. Nunca creerá que ha muerto, todos ahí fuera han oído sus berridos y los gritos de su madre al traerla al mundo. Déjala que viva entre nosotros como una sierva y que pague como bastarda los pecados de sus padres. Qué mayor castigo para el rey si algún día no tiene hijos propios que venir a reclamar a una vulgar criada.

Aebron sintió arder la rabia en la sangre. Aileen tenía razón: Malcolm no podría castigarlo por hacer de una huérfana su sierva, por cobijarla bajo los muros de Both en lugar de entregársela. Él era su señor y su tío, él decidiría su destino. Al fin y al cabo, era lo único que le quedaba de Maude y de su familia.

—Entonces dejad que la críe yo, mi señora, haré lo que me pidáis si me concedéis esa gracia —suplicó Annie.

Una sonrisa llena de rencor iluminó el rostro de la dama. Había odiado a Maude, su belleza y su corazón, y ahora su hija quedaba a su merced.

—No se criará con mi hijo, si algún día quieres que sea tu heredero, mi señor —sentenció Aileen—. Lleva la niña a la cabaña del padre Donald y apañaos con ella. Y respecto a ti, busca un puesto en las cocinas lejos de mí y de mi hijo.

Aebron miró confundido a su mujer; cuánto rencor albergaba su mujer hacia su querida hermana. Aileen lo miró buscando su aprobación y él se la dio con un gesto. Ella le había dado a William y, aunque no fuera de su sangre, se había convertido en su hijo. Tras años de matrimonio no albergaba la esperanza de tener hijos propios que lo sucedieran y, aunque no amara a su esposa, le debía respeto. No podía obligarla a criar a la pequeña.

—Que así sea, entonces —sentenció Aebron.

Annie comprendió que su destierro como doncella era el precio a pagar por criar a la hija de su señora.

—Sí, mi señor —asintió obedeciendo—. ¿Cómo debo llamar a vuestra sobrina? —se atrevió a preguntar.

—¿A qué te refieres? —intervino lady Aileen, arrogante y molesta por su nueva pregunta.

En ese momento la niña rompió a llorar de nuevo. Ninguno se había dado cuenta hasta entonces de que no lloraba como el resto de los bebés, buscando el alimento tras su nacimiento. En mitad de los tres adultos, que se miraban, se abrió un silencio sepulcral. La niña aumentó el volumen de sus lloros, como si aquella decisión hubiera despertado el ansia de vivir de la pequeña.

—Mary —afirmó Aebron Dougall—. Si sobrevive a sus primeros años llamadla Mary White, como a todas las hijas bastardas de Escocia.

Capítulo 2

Año 1006. Escocia, hasta ahora conocida como Tierra de Alba

Nació el día de Beltane y por eso sería afortunada toda su vida, como Annie se esforzaba en repetirle todos los días. Con cuatro años vieron que aquella niña, demasiado pequeña y débil, de pelo negro y ojos verdes, viviría contra todo pronóstico. Nunca le dieron un nombre, no el del clan como ella esperaba, sino el de Mary White, para que todo el mundo viera lo poco que valía la bastarda del rey.

Mary se acercó al ventanal para admirar una vez más la fortaleza en donde había crecido y que era su hogar: el castillo de Both. Se sentaba allí, siempre que podía, para ver a lo lejos cómo los barcos atravesaban la lengua de mar entre Irlanda y Escocia, e imaginaba otros lugares, con otra familia, una que la amara y le diera cariño.

La inmensa fortaleza se abría elevada entre los riscos, siempre luchando contra el mar y las olas. Inmensa, construida sobre un antiguo asentamiento celta, le fue sustituido el adobe por madera y después por grandes piedras que se tornaban oscuras, mientras resistía el asedio, primero, de los vikingos y noruegos, y después, de los normandos. Both creció y se fortificó convirtiéndose en el hogar de los Dougall, en el corazón de Escocia, a la sombra de la capital, Dunnottar. Los Dougall eran temidos por los suyos y por los clanes del Norte. Entre ellos Mary pasó inadvertida como una niña sucia y molesta que recordaba a los suyos la desgracia de su madre muerta.

El día que Annie fue a buscarla, Mary estaba en las cocinas, donde fregaba los platos y removía pucheros más grandes que ella. Para Mary ella era la única madre que había conocido. La llevó ante lady Aileen y con esa triste visita supo al instante que de ese breve momento dependería si vivía o la abandonaban a su suerte. Había sido una curiosa aceptación a sus siete años, pero resultó ser cierta. Lady Aileen hizo de ella la acompañante y doncella de su hija, un año menor, y le aconsejó que fuera su amiga. Mary había salido de las cocinas donde el trabajo le doblaba los brazos y se esforzó por ser agradecida y querer a Rose, o por lo menos intentarlo.

—¡Qué maravilloso azul!, es lo más hermoso que he visto nunca. Podría ser el color de una princesa. ¿Verdad, Mary, que es ideal para mí?

Mary se giró sin saber de qué hablaba Rose. Estaba tan inmersa mirando a través de la ventana y evocando sus recuerdos infantiles que no había prestado atención a su caprichosa prima. Miró a la judía que les enseñaba las telas, buscando ayuda, y esta le obsequió con un asentimiento de la cabeza.

Rose apretó los dientes y sus ojos azules se clavaron en Mary. ¿Cómo era posible que un rostro tan hermoso como el de Rose fuera a la vez tan horrible? Vio a su prima apartar su cabello pelirrojo detrás de los hombros en un gesto habitual que no presagiaba nada bueno.

—Mary, no prestabas atención —dijo con condescendencia en sus ojos azules, tratándola como si fuera tonta.

Mary inspiró aire y volvió su vista de nuevo hacia la ventana ojival, hacia la mar turquesa. Ese sí era un color hermoso y lleno de luz, o el verde de la pradera, más allá de las murallas. El soleado día esperaba ahí fuera y no en esa oscura habitación eligiendo telas para vestidos que ella nunca se pondría.

—Es un color bonito, Rose, pero tal vez te sentara mejor otro, ¿verde, quizás? —contestó Mary por pura intuición mientras se acercaba a tocar la tela que en nada se parecía a las suyas de lana gorda. La invadió una sensación de suavidad, algo precioso y brillante hecho de tejido liso y fino—. ¿Cómo conseguís este color,

Beltane? ¿Lo hace vuestro padre, el maestro? —preguntó recordando el viejo carro en el que habían llegado padre e hija la tarde anterior.

—No, señora —contestó la joven con timidez—. Lo hago yo, con tinturas sobre el tejido, a veces de bayas y frutos del campo —dijo la muchacha para ocultar su verdadera procedencia, la mezcla de color añil traída a la isla por sus antepasados. A Mary le agradó al momento su acento de las Lowlands, suave y cálido como el de su mentor, el padre Donald..

—No le hagas caso, Beltane, Mary siempre tan curiosa: ¿Por qué esto? ¿Por qué lo otro? ¿Para qué quieres tantos conocimientos? —Rio Rose—. Al final, cuando yo me case, te entregarán a un mozo o a un herrero y este no querrá una mujer que sepa escribir y leer, y tantas cosas inútiles que te enseña el cura. Tu marido querrá que trabajes duro y le des hijos o, tal vez, madre te deje quedarte en Both, pero lo dudo, no le agrada tu compañía, siempre callada o leyendo esas tonterías tuyas.

Mary no parpadeó siquiera, era lo mejor que podía hacer ante Rose. Cuando se enfadaba con ella corría a ver a lady Aileen, su madre, para que la castigara. El mismo castigo a sus dieciocho años que cuando era una niña: veinte golpes con el palo, en las manos. Una vez se había atrevido a esconder la vara y, cuando la encontraron, recibió diez golpes en la espalda. Aprendió la lección muy pronto.

—Quiero suficiente tela para dos vestidos.

¿Me has oído, Mary? Asegúrate de que los cortes sean buenos —ordenó Rose.

—Sí, Rose —susurró Mary resignada, dejando las telas sobre dos grandes baúles de madera.

En ese instante sonó el rastrillo de la muralla y supo que el momento que anhelaba desde hacía días había llegado. El hermano mayor de Rose y futuro *laird*, había regresado a Both. William luchaba contra los ingleses en la marca, una guerra que día a día ya perdían. Mary intentó contener su corazón, que le golpeaba con violencia en el pecho. Estaba profunda y eternamente enamorada de Will desde que eran niños.

—Es mi hermano, Mary. ¡Deja eso! ¡Vamos a verlo! —gritó Rose. La cogió de la mano y, aún conmocionada, la arrastró a través del castillo.

Mary esbozó una sonrisa. Estaba ansiosa por ver a Will y adelantó a su prima sin darse cuenta de que mostraría abiertamente sus sentimientos ante todos. Habían pasado tres largos años de espera y por fin volvería a verlo. Ambas se detuvieron en el patio de armas y Mary se miró nerviosa el viejo vestido de lana parda que llevaba. Se encogió de hombros, la verdad es que él siempre la había visto vestida como una criada. Nunca había sido vanidosa, pero deseó tener alguna prenda mejor para impresionarlo después de tanto tiempo. Se recogió la larga melena morena en una trenza, ya que no tenía nada para cubrir su pelo y no se le permitía llevar velo como a Rose o a su doncella Meg.

Aebron Dougall, el señor de Both, ya estaba allí, ansioso por recibir a su hijo. Imponente con su peto de cuero, en su postura preferida con las piernas abiertas y los brazos en jarras. Su apariencia siempre hostil albergaba un corazón amable que, a escondidas, cuando no era más que una chiquilla, le daba dulces y le regalaba pulseras.

Mary levantó la mirada. Allí estaba Will sobre su caballo. Una vez más sintió que su cuerpo explotaba de felicidad. Apenas había cambiado: sus ojos azules y su amplia sonrisa, que no pasaba una noche sin recordar, seguían ahí. Apreció su cuerpo más formado, los músculos de sus brazos eran más generosos y su espalda más ancha. Llevaba una fina barba rojiza y su piel se había tostado con el sol del sur. Estaba vivo y regresaba a casa. No eran los mismos de tres años atrás. Mary ya era una mujer, no la niña que lo perseguía con devoción. Will siempre fue su consuelo cuando la castigaban o los otros niños se reían de ella.

La última noche que pasaron juntos, refugiados en los establos de las miradas indiscretas, la había abrazado. Mary le pidió un beso antes de marcharse y él se negó diciendo que solo era una cría y lo olvidaría con el tiempo, pero su corazón de mujer lo amaba igual que aquel último día.

William desmontó en cuanto entró en el patio, en el momento que vio a su madre salir por las puertas. Lady Aileen se arrojó en sus brazos mientras Aebron palmeó su espalda. Rose se unió a su madre rodeando a Will en una maraña de cabellos cobrizos. Mary nunca envidió a esa familia tanto como en ese momento, deseando participar de su reencuentro y su cariño. William irguió el cuello sobre las cabezas de las mujeres. Mary suspiró, se acordaba de ella, la estaba buscando y ambos sintieron una alegría que se escapaba de sus rostros ya nada parecidos a los de dos críos.

—Pero si es mi mocosa. ¡Diablos!, sí que has crecido —exclamó con sorpresa y cierto reconocimiento al recorrer su cuerpo.

«Mocosa», así la llamaba de niños. Un pequeño dolor se instaló en su pecho. La palabra «mocosa» no era muy halagüeña, más bien la de un hombre que reconocía a su compañera de juegos de la infancia.

—Bienvenido, mi señor —acertó Mary a balbucear bajando los ojos.

—¿Y yo, hermano? ¿Es que no he crecido nada? —interrumpió Rose.

—Mi hermana, la más bella de las flores de Escocia. —Rio Will, cogiéndola por la cintura y haciéndola girar—. Robert, noruego descreído, venid a ver a mi hermana y sabréis que no mentía al hablaros de su belleza.

Todos se apartaron con sorpresa para ver a quién se dirigía Will.

Un caballo negro como la noche se adelantó, el jinete bajó con agilidad y se detuvo ante ellos. Ni siquiera tuvo que coger las riendas, su montura permaneció quieta sin moverse tras él. Su altura era imponente, al igual que su envergadura. El *cotum* de cuero cubría los músculos pero se podía adivinar su constitución de guerrero. Vestía a la usanza de las antiguas tribus, con el *kilt* y una camisa bajo el cuero de las protecciones.

Se desprendió del casco y el nasal, despacio, como si fuera un fastidioso deber hablar con ellos.

Will se situó a su lado con camaradería, ante la mirada atenta de su padre.

—Padre, este es el *mormaer* Robert de Athall. El conde me salvó la vida en el campo de batalla inglés. Sé que nunca podré agradecerle ese acto de valentía, pero a modo de compensación le he ofrecido nuestra hospitalidad antes de proseguir el viaje a la corte. Has oído hablar de él: el hombre de confianza del rey Malcolm y su mano derecha.

—Bienvenido seáis, *mormaer*. Es un honor para los Dougall tener aquí al hombre del rey y poder agradeceros que nuestro hijo haya vuelto a su hogar —dijo Aebron con cierto recelo.

Mary pensó que tal vez se trataba de una argucia de Will. Él siempre pretendía convencer a su padre para unirse al rey escocés y que cesara sus tratos con los traicioneros ingleses.

Por primera vez miró con curiosidad al guerrero noruego que le había devuelto a Will. Contuvo el aliento al ver su rostro de marcadas facciones y mandíbula oculta por una fina barba negra. La nariz era recta, apenas torcida por algún antiguo golpe. Pero lo que llamó su atención fueron sus ojos: unos ojos rasgados y peligrosos, del color del mar en un día de tormenta, grises claros, contenidos en una mirada fría y dura, desprovistos de emoción alguna. Mary inspiró tan profundamente que llamó la atención del noruego. Su mirada traspasó a la familia Dougall, que estaba delante, hasta llegar a ella. Levantó la ceja derecha, curioso y prepotente.

La joven escocesa se encogió de miedo por haber reclamado su atención. Aquella mirada gélida e impasible la recorrió de arriba abajo con el interés de un comprador por una yegua del mercado, sopesando su valor.

—Gracias por vuestra hospitalidad, lord Dougall. Muchos de mis hombres están enfermos, necesitan cuidados y comida caliente. Os agradecería, milady, que nos proporcionarais ambas cosas —dijo a lady Aileen, desarmando su tosca mirada y haciendo que asintiera con orgullo—. Lady Rose —saludó con una reverencia al dirigirse a ella—, vuestro hermano no os hace justicia, sois aún más bella de lo que decía —afirmó con un beso en la mano, breve, sin apenas rozarla. Su mirada volvió a Mary, esperando a que alguien le presentara a aquella muchacha morena de ojos color verde esmeralda.

«Mary», quiso responder ella ante la pregunta no formulada. Sin embargo, bajó los ojos. No le estaba permitido hablar sin permiso ante lady Aileen.

—¡Mocosa! —la llamó Will y ella sonrió con devoción olvidando al noruego—. Que preparen las habitaciones del *mormaer*. Encárgate de todo, si eres tan amable.

Era encantador. Siempre le hacía sentir que, a pesar de ser el amo, no ordenaba, sino que a ella le pedía las cosas con extremada cortesía.

—Will, hijo, le consientes demasiado. Mary es una sirvienta, ni siquiera tienes lazos de sangre con ella. Recuérdalo, ya no sois unos niños —gruñó lady Aileen. Sin embargo, miraba al noruego para dejarle claro la posición de la muchacha.

—Ya, madre —contestó molesto viendo cómo Mary se ponía roja como la grana. Envolvió a su madre en un abrazo para hacerle olvidar la presencia de la chica y su rencor por ella.

Mary se recuperó de la vergüenza, pidió permiso y se retiró para cumplir las órdenes de Will mientras las voces del grupo resonaban en el patio.

—No me gusta que la humilles —regañó Will a su madre—. Es una sierva, pero también es la hija de mi rey. Tened cuidado, madre, mirad al padre del rey William, era bastardo y conquistó Inglaterra. El reino normando crece cada día y amenaza las fronteras de Escocia. Y tú, padre, tendrás que replantearte tu postura, ya no puedes permanecer por más tiempo sin implicarte.

Mary se había quedado parada ante las puertas al escuchar cómo William la defendía. No quería que tuviera problemas por culpa suya.

—Después, hijo —cortó su padre molesto.

Se giró para mirarlos y vio cómo el noruego la observaba. La desconcertaba su mirada, no sabía descifrar algo vacío y sin brillo. Tal vez ese era el carácter de su ascendencia noruega, como mencionó William. No tuvo más remedio que dejar de observarle al abrirse las puertas de la torre.

Robert persiguió con la mirada a aquella belleza inesperada. Así que ella era la bastarda de Malcolm, rey de Escocia. Lo cierto es que sus ojos eran los de los Canmore, descendientes de Kenneth, primer rey de la nación. Era muy hermosa, de facciones delicadas y sensuales, el rostro y porte de una princesa vestida con harapos. Había visto sus manos; no eran las de una dama de su posición, eran las manos de alguien que había trabajado duro. Malcolm la quería a su lado, necesitaba negociar con todas sus hijas y Mary era un peón más en su política de alianzas mediante el matrimonio. Ella sería su moneda de cambio con el noroeste, con MacBeth, a quien la entregarían antes de final de año. El mensaje del rey, en mitad de la batalla, para que acudiera a Both por ella, lo asombró, ni siquiera sabía que Malcolm tuviera una hija bastarda. Al rey no le agradaría la forma en que habían criado a Mary, relegada de su posición y convertida en una criada con harapos y manos de fregona. Las palabras cargadas de odio de lady Aileen decían mucho de lo que la joven había pasado esos años entre los muros de Both. No podían culparla de la muerte de su madre, ¿o sí?

Robert permaneció atento durante los siguientes días al ambiente que se respiraba en el castillo de Both para informar al rey. Los jefes de la guardia y el mismo Aebron desaparecían durante horas mientras William lo entretenía con mil argucias para que no viera la verdad. Y la verdad era que Aebron Dougall conspiraba con el ejército inglés a espaldas de su familia y del rey escocés. Otra cosa era la muchacha. Lo tenía genuinamente impresionado. Cada vez que alguien no sabía dónde estaba algo, ya fuera encontrar a un soldado en particular o una manta, ella parecía dar con la respuesta a todo. La encontraba en los establos supervisando el alimento de los caballos o en las cocinas removiendo pucheros. Ninguno de los Dougall parecía darse cuenta de que aquella chiquilla, que parecía dominada por la férrea mano de lady Aileen y el despotismo de la hermana de Will, era quien llevaba las riendas de Both y sus siervos. En silencio los demás habitantes del castillo la respetaban, y en secreto la llamaban Bethoc, «la afortunada».

Rose reclamó una fiesta de bienvenida para su hermano y Mary sumó a sus obligaciones cargar con la responsabilidad del banquete sin levantar la mirada. Una mirada que Robert había espiado, que denotaba una gran inteligencia al escabullirse de las dos mujeres con una gran maestría. De no ser porque su labor de descubrir a Dougall ocupaba su mente y su empeño, diría que pasaba demasiado tiempo siguiendo a esa hermosa mujer de cabellos de seda azabache y labios tentadores. Le gustaba cómo se recogía las mangas de sus vestidos y dejaba al descubierto sus brazos de piel lisa y ligeramente tostada, o al coger su falda, cuando dirigía a las muchachas del castillo recogiendo verduras en el huerto y dejando sus finos tobillos al descubierto.

Maldito fuera Malcolm por pedirle que fuera el encargado de custodiar a esa mujer fuera de lo común que otra vez escapaba del castillo a hurtadillas.

Mary se asomó desde las cocinas. En el salón resonaban los ecos de los preparativos. La fiesta en honor a Will y al noruego sería esa misma noche. Los días anteriores, encerrada a la fuerza en el interior del castillo para prepararlo todo, apenas había visto unos minutos a Will, siempre ocupado con su invitado. Los hombres habían salido a cazar y las cocinas eran una locura, desplumando aves y preparando las carnes.

Annie la siguió con la mirada y vio cómo esquivaba a una o dos mujeres que cargaban grandes ollas. Mary se escondió un buen rato hasta que se aseguró de que nadie la miraba, pero Annie la descubrió y le guiñó un ojo mientras veía cómo escapaba por la puerta trasera de toda esa actividad desenfrenada.

La escocesa sonrió para sus adentros. Annie era como una madre paciente, mentiría por ella si Rose la reclamaba. La luz del sol cegó a Mary por un momento y miró alrededor. El patio estaba casi desierto, todos estaban dentro trabajando, así que se deslizó hasta los establos. Las voces de William y el extraño acento del noruego la hicieron esconderse tras la puerta entreabierta de las cuadras. Hizo una mueca de profunda decepción pues había esperado encontrar a Will solo. Necesitaba hablar con él, hacerle saber que aún lo amaba y, quizá, recibir su primer beso. Sin embargo, la conversación que oyó la sacó de sus pensamientos.

—Robert, mi padre no cambiará sus lealtades —decía Will—, el rey Malcolm no es de su agrado. Le prometió tierras y riquezas en compensación por la última batalla contra los ingleses y no ha cumplido, sin contar con el recuerdo de la traición del monarca a su hermana.

—Si lo que dices es cierto, Will, tu padre es

un traidor. No me gustaría encontrar pruebas, tendría que actuar en nombre del rey.

—No, Robert, mi padre entrará en razón tarde o temprano, aguarda hasta que lo convenza, esta noche, en el banquete.

—No puede seguir jugando con el rey. Mientras a ti te envía a luchar contra los ingleses, su ejército lucha contra Malcolm. —El noruego calló de repente. Con un solo movimiento sigiloso se acercó a las puertas del establo.

Mary creyó morir del susto cuando una mano enorme la agarró del cuello con fuerza. Sus ojos se encontraron con los del noruego, que casi la levantaba en vilo.

—¡Por Dios, Robert! Suéltala, vas a estrangularla, solo es Mary —gritó Will dándole un empujón.

El noruego la soltó de golpe y Mary cayó a sus pies. Comenzó a sentir un escozor en la garganta mientras tosía.

—¿Por qué espiabas tras la puerta? —preguntó.

—Es una tontería, Robert, no espiaba. Mary es la persona más fiel y leal que hay en el castillo. Nunca haría nada que pudiera perjudicarme.

El *mormaer* arqueó una ceja mientras su amigo la ayudaba a levantarse. Así que no solo ella estaba enamorada del joven conde, sino que Will la correspondía.

—Mary, lo siento, Robert no sabía que eras tú. Ven conmigo, llamaré para que te traigan un poco de cerveza fría.

—Estoy bien, Will —carraspeó Mary. Sintió la garganta quemando mientras se apoyaba en el brazo de él.

El pelirrojo puso su mano sobre el cuello de Mary para comprobar los daños. La escocesa quiso morir. Era la primera vez que la tocaba así y sentir esas manos sobre su piel hizo que se pusiera colorada a la vez que su corazón amenazaba con salirse del pecho. No pudo evitar mirarlo con dulzura y sonrió para tranquilizarlo.

Robert gruñó molesto. Sentía que sobraba entre dos dulces y empalagosos enamorados. La muchacha no podía haber sido más inoportuna, necesitaba una respuesta clara de William Dougall: o estaba con su padre o estaba con el rey escocés. Ya había sido demasiado paciente con él para poder salvarlo, incluso había pensado que Will le daba largas hasta que llegaran refuerzos ingleses.

—Disculpa, Mary, pero estabas espiando tras la puerta.

—No escuchaba. Buscaba a mi señor Dougall —contestó con la barbilla levantada—. De todas formas, si no queréis ser escuchado no deberíais hablar en los establos, sino en privado.

Robert se quedó sin habla. Nadie, ni siquiera sus hermanas, se atrevían a hablarle de esa manera.

—Mary, no es correcto —le advirtió Will.

—Will, me ha ofendido llamándome espía y me ha hecho daño.

El noruego sonrió. El fuego que veía en sus ojos verdes no era el de una humilde sierva. Tenía carácter, e intuyó que bajo esa capa de conformismo, bullía una mente rápida y un cuerpo apasionado. Qué tendría, ¿diecisiete o dieciocho años como mucho? Y entonces el noruego se dio cuenta de que la estaba valorando como amante, sopesando si cada curva de su cuerpo se amoldaría a sus manos. No podía dejar de observar su postura, con las manos en las caderas, marcando el contorno de su cuerpo, su pecho generoso subiendo y bajando al respirar. Estaba enfadada con él y torció el gesto. Le gustaba el fuego de esa mocosa.

—No volváis a hablarme así. Nunca —ordenó Robert.

Mary lo miró atónita mientras Robert salía por la puerta sonriendo. Lo observó alejarse dándole la espalda, una espalda que con aquella camisa marcaba cada uno de sus poderosos músculos. Algo en su interior suspiró al darse cuenta de que cualquier otro la hubiera al menos amenazado por sus palabras, pero comenzaba a darse cuenta de que el noruego no necesitaba castigar, su sola presencia inspiraba respeto.

—Lo siento mucho, mocosa —dijo Will. La soltó de golpe al darse cuenta de que aún la sostenía en sus brazos—. ¿Querías algo, Mary?

—Sí... pero quizá debí marcharme al oíros hablar.

—No te preocupes, son tonterías. A veces Robert es muy brusco, no quiso hacerte daño.

—Solo deseaba veros a solas, os... he extrañado, Will.

Él la cogió en sus brazos e inspiró el suave olor a jabón de su pelo. Mary ya no era una niña, se había convertido en una mujer hermosa, lo había visto en la mirada lujuriosa de Robert sobre el cuerpo de ella. Él también sentía ese deseo por Mary y con su cuerpo pegado al suyo imaginó mil formas de convencerla para que se entregara a él. La apartó con delicadeza y la besó en la frente.

—Esta noche, Mary, búscame cuando acabe la fiesta y hablaremos —prometió para después salir de los establos sin dejarle hablar. Will estaba dispuesto incluso a traicionar sus lealtades por estar con ella, incluso venderse al rey escocés.

Robert, oculto tras el muro, había escuchado la conversación de ambos cuando volvía por su caballo. Así que Will y la pequeña Mary eran amantes, debió suponerlo hace tiempo.

Capítulo 3

Sin poder evitarlo, Mary comenzó a dar pequeños saltos mientras bajaba por el sendero. Los soldados acampados la miraban riendo, pero no podía parar. Esa noche, había dicho Will. Si él lo deseaba sería suya esa noche. Era amor, debía de serlo porque sentía el cuerpo lleno y vacío a la vez. No se guardaría para el herrero, como siempre le decía Rose con desprecio. Pronto, como si hubiera volado hasta allí, se encontró ante la puerta del padre Donald.

—Padre, ¿puedo entrar? —gritó con voz cantarina.

—¡Mary!, pasa —contestó el cura desde el interior—. Han pasado muchos días. ¡Vaya, se te ve muy feliz! Nunca vi a nadie a quien le emocionara tanto aprender textos en latín.

Mary rio con picardía. El viejo estaba inclinado sobre el fuego, dando vueltas a un guiso con una cuchara demasiado pequeña. Se acercó y lo apartó antes de que se quemara con los bordes del puchero. La gran mesa de madera y unos bancos abarcaban toda la estancia, así que el cura los rodeó y se sentó a un lado. Toda la cabaña estaba llena de grandes libros que el padre preservaba con gran celo. A veces alguien intentaba robarlos y el padre Donald lo amenazaba con el infierno más ardiente. No los querían para leerlos, muy pocos sabían leer y escribir, pero el papel era muy útil y valioso para otras cosas que no tenían nada que ver con el saber y sí con la escasa higiene del castillo.

El anciano levantó su rostro lleno de arrugas. Mary no sabía cuántos años tenía, pero su cuerpo encorvado era el de un hombre muy viejo. Nunca quiso saber su edad por temor a que el mero hecho de decirla en alto provocara su muerte y la abandonara. Le gustaba pensar que el cura había tenido una vida feliz y tranquila en Both, y que esas arrugas eran de reír tanto. Le había enseñado a leer y escribir, algo vetado a las mujeres, y cada vez que le contaba historias de las antiguas tierras, sus ojos se volvían los de un joven que vivía inmerso en sus relatos.

—No es eso, padre —dijo Mary esquivando su mirada.

—¡Oh, ya lo sé! Soy viejo, pero no tonto. El joven señor ha vuelto —afirmó él sentado en una silla frente a la mesa—. Ya hemos hablado de esto antes, Mary, lo he visto mil veces. El señor y la criada. Él no os ama y no puede amaros, te está prohibido.

—Pero, padre, lo he amado toda la vida.

—Crees que lo amas —dijo cada vez más enfadado— porque siempre fue bueno contigo cuando el resto de los niños se burlaba de ti, pero William Dougall tiene su lado malvado, igual que todos, Mary.

—No es eso —contestó Mary mientras soltaba la cuchara con fuerza sobre la mesa. Se sentó frente a él.

—Aunque ahora no lo creas, eres demasiado buena para él —continuó ante el poco femenino resoplido de su pupila—. Eres inteligente y tienes un inmenso amor por todos los seres que te rodean. Te has ganado el respeto de todos, ¿sabes que han comenzado a llamarte Bethoc, la «afortunada»? —Mary puso los ojos en blanco con fastidio. Annie y sus tontas supersticiones por haber nacido la noche de la fiesta de Beltane.

—Mary, no pasas como los demás por delante de las cosas sin cuestionarlas, sino que las aprecias en su esencia, al igual que a las personas. Para ti una piedra en el camino es algo maravilloso, no un obstáculo, te preguntas de dónde ha salido, el porqué de su color, si es un canto del río o un hermoso adorno. Sientes curiosidad por lo que te rodea y eso sé que a veces te entristece porque te hace diferente a los demás, no puedes evitar encontrar algo de bondad en quienes te rodean. No es malo, chiquilla, es un don del señor ver lo hermoso donde nadie lo encuentra.

—Padre, no empecéis. Yo quiero ser como los demás, pasar entre ellos sin que me miren como si fuera un dragón de tres cabezas. La soledad es triste y además, ¿de qué me sirve ver la bondad y ser lista para coser y fregar?

—No digas eso, ¡eres una hija de la casa Alpin, nieta e hija de reyes! —le gritó por primera vez en su vida.

—Mirad mis manos y mirad las de Rose. ¿Quién es la princesa y quién la sirvienta? —contestó, dolida ante la falta de perspectiva del cura—, ¿creéis que importa quién fue mi padre si no lo tuve a mi lado? Lo único que tengo es a William. —Suspiró disgustada. No había querido discutir con él, pero el cura no veía más que con el corazón y no la triste realidad—. Lo siento, padre Donald, no debí gritaros. Os tengo a Annie y a vos, siempre a mi lado.

—Yo tampoco quiero discutir, querida niña, pero algún día te darás cuenta. Tanto tiempo te han dicho que no vales nada, que al final lo has creído. Un día aceptarás que el destino nos ofrece oportunidades y llegará la tuya, estoy seguro, solo espero que sepas verla.

Pues claro que la vería, pensó Mary, y esa oportunidad era esa noche con Will, pensó ilusionada. No se engañaba, ella era muy poca cosa, nunca podría envejecer junto a él, pero estaba dispuesta a permanecer a su lado hasta que él debiera casarse.

Salió de casa del padre Donald tras una hora, más de conversación que de estudio. Rose la estaría buscando furiosa. Llevaba toda la mañana holgazaneando fuera del castillo.

Los soldados que había visto de camino a la cabaña del cura seguían ahí; eran soldados del noruego. Rodeaban un barril de cerveza mientras lanzaban risotadas. Uno de ellos se giró al verla pasar y la llamó con voz pastosa. Apresuró el paso mientras otros se unieron a la llamada. Apretó los dientes para no oír los comentarios soeces que le gritaban. Miró a su alrededor pero no vio a nadie conocido y un temor visceral comenzó a recorrer su cuerpo. Palpó la daga que siempre llevaba entre los pliegues del vestido de lana. Poco podía hacer contra esos hombres, pero al menos le daba alguna oportunidad, no era la primera vez que estaba en una situación así y salía airosa. O eso pensaba hasta que uno de ellos se interpuso en su camino.

—Quítate de en medio, zoquete. —Hasta ella sintió el temblor de su voz. Tal vez si corría de vuelta a casa del cura tendría alguna oportunidad. Otro hombre se puso tras ella para impedir que escapara—. Dejadme pasar.

—Dame un beso y te dejaré ir —gritó otro uniéndose al corro que se formaba a su alrededor.

Acorralada, comenzó a retroceder hacia el río, el único camino libre. Sin darse cuenta, poco a poco se internaba en el bosque donde ya nadie podría ayudarla, fuera de la vista del camino y de cualquiera que pudiera pasar.

—También tendrás que darme un beso a mí —gritó el primero que la había visto, dejando al descubierto una boca sin apenas dientes.

—Por favor, dejadme marchar, soy la doncella de lady Rose, me está esperando a las puertas del castillo —mintió mientras buscaba con los dedos la hoja afilada de su daga.

El más bajo del grupo, el de la nariz como una baya, se acercó riendo y la cogió del brazo.

—Vamos, no seas aburrida. Si no gritas nadie se enterará.

Mary no lo pensó al imaginar lo que esos hombres pretendían hacerle. Sacó la daga y le rasgó la piel del brazo con el cual la tenía agarrada. El soldado se miró la herida, vio la sangre brotar y la miró sorprendido, sin poder creer que aquella muchachita lo hubiera herido.

—¡Puta escocesa! —le gritó, avanzando con la mano levantada para asestarle una bofetada.

Mary cerró los ojos esperando el golpe, pero en su lugar escuchó el rápido sonido de los cascos de un caballo sobre ella. Una mano grande y fuerte abarcó su cintura y la levantó del suelo con un movimiento, como si fuera una pluma.

—Si os acercáis de nuevo a ella estáis muertos. Es mía, haréis bien en recordarlo.

La joven abrió los ojos al reconocer aquel

raro acento de las Highlands y se encontró directamente con la mirada gris del noruego.

—Lo sentimos, *mormaer*, no sabíamos que era vuestra, pensamos que era una criada. Os suplicamos perdón —dijo «Sin dientes» bajando la cabeza con sumisión y temor.

—Si tocáis a alguna mujer Dougall, sea señora o criada, os despellejaré vivos —les advirtió.

Sin dirigir la palabra a la muchacha, dio un fuerte tirón a las riendas y comenzó a galopar hacia el bosque, furioso al saber que, si él no hubiera aparecido, sus hombres, demasiado borrachos, se habrían aprovechado de la muchacha.

Era peligroso cabalgar tan rápido entre los árboles, cualquier idiota lo sabría. No la había dejado colocarse a horcajadas, con lo que solo su mano férrea sobre la cintura de Mary la sostenía. ¿Qué pretendía? ¿Asustarla aún más? No quería pensar en lo que habría sucedido si no hubiera llegado a aparecer, pero daba igual porque iban a matarse a esa velocidad. Le tocó el brazo para llamar su atención, pero él contestó apretándola aún más fuerte contra su cuerpo. En un segundo salieron de la espesura del bosque y la luz la cegó por un momento. El sonido del mar y el estruendo de los acantilados llegaron a sus oídos. El noruego detuvo el caballo en seco tirando de las riendas con fuerza. A modo de respuesta, el corcel se levantó sobre sus patas traseras con un grito de Mary.

—¡Estás loco, noruego!

—¿Yo? ¿Qué hacías atravesando mi campamento sola? —bramó con esa voz atronadora mientras la dejaba en el suelo.

Ese hombre solo sabía gritar y amedrentar con su mirada de hielo y Mary ya había tenido bastantes gritos en su vida.

—No me grites.

—No me enfades entonces, mocosa.

La escocesa lo miró perpleja. ¿Cómo se atrevía? ¿Mocosa? Solo Will tenía derecho a llamarla así y probablemente él lo había escuchado.

—¡No me llames mocosa! —gritó Mary a su vez.

Robert se acercó a ella de forma amenazadora sin dejar de observar su reacción. Le sujetó la barbilla, que quedaba a la altura de su pecho, para que lo mirara y se encontró sus ojos fijos en él, con una mezcla de miedo y atracción que lo hizo sonreír. La muchacha tenía la boca apenas entreabierta por el resuello de la cabalgada y eso lo atrajo sin remedio hacia aquellos labios rojos. Parecían suaves y tentadores, preparados y hechos para besar.

Mary sintió cómo la mirada de Robert cambiaba al mismo tiempo que su respiración. Sintió el roce de sus labios firmes pero a la vez tiernos sobre los suyos. Aún seguía cogiéndola de la barbilla. Con una leve presión de sus dedos, le hizo abrir los labios para recibirle.

Robert paladeó su suave boca, la oyó gemir y rendirse al roce de su lengua.

Un cosquilleo se adueñó de Mary. Sus sentidos adormecidos la superaban. Se abandonó a aquella maravillosa sensación como una rama al viento. Sintió cómo el noruego profundizaba en su beso y la acogía entre sus brazos, protegida y envuelta en el calor de su pecho. Robert abarcaba todo su cuerpo. Con un gemido entrecortado le cogió el cabello, enrollándolo en su puño, mientras la otra mano bajaba por la espalda hasta agarrar sus nalgas con fuerza y apoyarla sobre su columna erguida. Entonces, al notar que ella se rendía completamente, se separó como si la escocesa quemase.

—Mary, eres tan dulce y sensual que si no paro ahora no podré detenerme después.

Mary abrió los ojos decepcionada, a la vez que embargada por la vergüenza. Se había comportado con un atrevimiento inusual en ella. Todo por un simple beso. No era una ignorante en ese tema, lo había visto mil veces por los rincones del castillo al caer la noche, pero nunca se creyó capaz de caer en una pasión que hasta ahora le era desconocida. Will. Él debió ser el primero. Todo cuanto podía ofrecerle se lo había dado a otro hombre, lo había traicionado.

El noruego lo leyó en sus ojos y sonrió.

—¿Will te besa así, mocosa?

—¿Qué os importa? —respondió Mary con las mejillas encendidas—. Lo hace mil veces mejor que vos —dijo para herirlo. No sabía por qué se mostraba tan mezquina con él, tal vez deseaba que pagara su propia culpa por entregarse así a un simple beso.

—¿Hasta dónde has llegado con mi amigo? ¿Te ha besado así, Mary? ¿Ha tocado tu cuerpo con este mismo deseo? —insinuó con voz sensual mientras sus ojos la recorrían de arriba a abajo.

—¡Parad! —dijo al ver que el noruego se acercaba a ella de nuevo. Lo vio reír con ganas y retroceder—. Sois un bruto y un necio. ¿Por qué lo habéis hecho? ¿Os divierte o es que necesitáis demostrar algo?

—No necesito demostrar nada, ya me has confirmado que eres más inocente de lo que pareces. Nadie da nada sin esperar recibir algo a cambio.

Mary sintió el rubor en su rostro y se echó el pelo hacia delante para que él no viera cómo sus orejas enrojecían. La avergonzaba ese defecto desde niña; cuando alguien la dejaba en evidencia o se reían de ella, alcanzaban un tono rojo llamativo que la atormentaba.

Él vio su gesto y, al ver cómo se ocultaba, recogió un mechón de su cabello para colocarlo detrás de la oreja. La dulzura de la muchacha le hizo arrepentirse y despertar en él un sentimiento de protección olvidado hacía tiempo. «Es mía», había afirmado ante sus hombres para protegerla de ellos. Tantos años de guerra y destrucción desde que era apenas un niño estaban haciendo mella en él. Las injusticias lo ablandaban.

—Vamos, Mary, regresemos al castillo —ordenó confundido.

Robert volvió a montar y le ofreció su mano llena de cicatrices. La muchacha miró alrededor vacilante, no había nadie en millas. Al verla dudar, el noruego se inclinó más sobre su montura y volvió a agarrar su cintura para colocarla delante de él. La escocesa pesaba tan poco que apenas se esforzó en levantarla.

—Siempre haces lo que quieres con los demás, ¿verdad? —preguntó con timidez.

—Solo con jovencitas tontas que pasean solas entre mis soldados —contestó Robert.

Mary esperó que volviera a regañarla, pero en vez de eso espoleó el caballo y la sujetó con su enorme brazo por debajo del pecho con más fuerza de la necesaria. Mary se obligó a no quejarse. Permanecieron en silencio, luchando uno contra la voluntad del otro: ella se erguía para evitar su contacto contra el tibio pecho del noruego y Robert la obligaba a recostarse contra él protegiéndola del frío de la tarde.

Robert aspiraba el dulce olor a lavanda de su cabello y se permitió enterrar su mejilla contra el pelo negro suelto de ella. La suavidad sedosa de Mary lo sorprendió y su mano se abrió sobre la pequeña cintura de la escocesa para sentir su vientre plano bajo las gruesas vestiduras. Una joya envuelta en harapos. Sintió el roce de sus pechos y la imaginó desnuda, encima, mientras se movía para él. Mary se irguió de nuevo para alejar su mano y Robert se lo concedió. Si seguía, el viaje de vuelta iba a resultar muy largo para ambos.

Capítulo 4

Avanzaron por el bosque sin forzar el paso del caballo. El noruego parecía no tener prisa por llegar al castillo y Mary empezaba a desesperarse, se hacía tarde y Rose acabaría echándola de menos. Atardecía y cada vez estaba más oscuro. Por alguna razón no le temía al *mormaer*, pero no le gustaba la confianza con que la cogía de la cintura, ni sentir su aliento tan cerca del cuello. Le provocaba sensaciones que desconocía, como el deseo de que sus manos siguieran la línea de los hombros y se aferraran con fuerza sobre su cuerpo. Sentir de nuevo la tierna y firme caricia de esos labios sobre los suyos... Podía incluso olvidar la ira de lady Rose cuando regresara.

Sintió todos los músculos del noruego tensarse al mismo tiempo que su caballo coceaba en la curva del sendero. A un lado, entre los matorrales, estaba volcado un carro. Mary lo reconoció enseguida como el que había traído al castillo al vendedor de telas y a su hija.

—*Mormaer*, ¡parad, por favor! —suplicó to-
cándole el brazo.

El noruego la miró sorprendido por la corriente de calor que sacudió su brazo al tocarlo
Mary. Ella también lo notó y, con rapidez, apartó sus delgados dedos de él. Robert sentía cómo
algo desconocido le unía a esa muchacha, una
sensación de reconocimiento entre sus cuerpos y su piel como si hubieran estado conecta-
dos desde hacía mucho tiempo.

No se había detenido aún cuando Mary se
escurrió entre sus brazos y bajó del caballo con
sorprendente agilidad. La siguió atento a cualquier movimiento alrededor suyo, desenvainó
su daga corta y ató al animal en un árbol cer-
cano. Observó el carro detenidamente; no era
una emboscada de los Dougall, al parecer el
carro tenía la rueda partida.

—¡Oh, Mary, sois vos! —gritó la voz dulce de
una muchacha que salió de su escondite tras
un roble.

Detrás de ella, un hombre bastante mayor
la siguió alarmado, por su parecido debían de
ser padre e hija. Sus facciones oscuras junto a
su piel le hicieron pensar a Robert que eran
judíos. El padre los evaluó con hostilidad, no
en vano, ya que los judíos no eran muy bien
recibidos por los grandes señores y, en ocasiones, se veían atacados por bandidos en busca
de sus riquezas. Mary, sin embargo, pareció
reconocer a la muchacha con cariño, sin atisbo
de desconfianza.

—¡Eres la tejedora! Beltane, deja que te ayude —afirmó Mary ofreciéndole su mano para subir el desnivel que daba acceso al camino.

—Perdonad, milady, creíamos que erais ladrones, por eso nos ocultamos tras los árboles al oíros llegar —dijo la judía.

—¿Qué os ha ocurrido? ¿Quiénes sois?

La voz fuerte y autoritaria del noruego hizo que padre e hija hincaran con rapidez una rodilla en el suelo. Siervos, hijos de siervos, aunque no fueran pobres reconocieron enseguida las finas telas del *plaid* azul y marrón de los Athall.

—Soy maese Aaron de Yorkshire y ella es mi hija Beltane. Venimos de Both, como la muchacha os dirá.

Mary asintió con los ojos muy abiertos para demostrarlo. Robert quiso reír al verla azorada. A veces le ocurría que no sabían cómo dirigirse a ella, si como doncella, señora o sierva y los demás lo resolvían llamándola «muchacha». No sabía por qué, pero aquella confusión, que siempre ignoraba, la hacía enrojecer ante el noruego.

—Mi señor, la rueda se rompió con una piedra y el carro volcó, aunque afortunadamente íbamos guiando al caballo. Ahora pesa demasiado para cambiar yo solo la rueda, llevo las piezas del telar y gran cantidad de ropas —explicó dando vueltas a su sombrero de tela entre las manos.

—Os ayudaremos —afirmó Mary sonriendo a padre e hija.

—¿Sí? —preguntó escéptico Robert, arqueando su ceja derecha.

Por primera vez Mary se dio cuenta de lo atractivo que resultaba el noruego al hacer ese gesto. Sus ojos grises parecían sonreír alrededor de pequeñas líneas más claras y era casi divertido.

—Pues claro, *mormaer*, no podemos negarles nuestra ayuda. Aquí solos podrían robarles e incluso hacerles daño, ¿no? —susurró apartando la mirada.

—No me des órdenes, Mary —susurró a su vez el noruego tensando su afilada mandíbula.

—No os daba órdenes, sugería que quizá nuestro deber es ayudarles. Apenas los conozco, pero Beltane es una muchacha agradable y trabajadora, no se merece que les asalten por su mala fortuna... —dijo Mary, y dio un paso atrás al ver cómo el rostro de Robert se iba tensando.

Él advirtió que retrocedía paso a paso, como si temiera que él fuera a hacerle daño al responderle con tal atrevimiento. Pese a su miedo, esa muchacha tenía coraje, creía que iba a golpearla y, aun así, seguía mediando por dos personas casi desconocidas. ¿Es que alguien la castigaba de esa forma? ¿Había sufrido castigos físicos?, se preguntó Robert.

—Aaron, ¿tienes otra rueda? —preguntó, esperanzado por poder despacharlos en dirección al castillo y mandar a por ellos.

—Sí, mi señor, siempre llevo otra. Andamos

mucho por los caminos y tengo que deciros que no es la primera vez que nos pasa, aunque nunca en un lugar tan alejado.

Robert suspiró resignado, pero Mary lo miraba expectante, con la esperanza dibujada en su rostro, como si fuera un caballero de brillante armadura y no un desalmado que en otras circunstancias los dejaría allí sin remordimientos.

—Bien, si eres capaz de quebrar la rueda, yo levantaré el carro con una rama y tú metes después la rueda en el eje.

—No deseamos importunaros, mi señor —replicó el hombre al ver su disgusto.

—¿Podrás con el carro? —preguntó Mary asombrada.

Sin pensarlo, miró sus enormes brazos mientras se arremangaba la camisa y mostraba la fuerza de sus músculos bien formados. Una cosa era sentirlos bajo la fina tela de su camisa cuando la había tomado en sus brazos y otra muy distinta verlos en todo su esplendor. Se sonrojó de nuevo y bajó la cabeza tarde, porque adivinó la sonrisa del noruego al ver cómo le observaba.

Robert sonrió divertido. ¡Dios, qué inocente era Mary! Y pensar que aquella criatura había esperado que le pegara por su osadía cuando lo único que deseaba era volver a besarla y tenerla de nuevo en sus brazos para acabar lo que habían empezado en el acantilado.

Sin mediar más que apenas unas palabras,

los dos hombres cambiaron la rueda mientras las dos muchachas se sentaron sobre una roca. Cuando terminaron había anochecido y el bosque se llenaba del ulular de los animales nocturnos.

—Mary —la llamó Beltane—, os estamos muy agradecidos. —Llevaba en las manos un fino vestido verde que le tendió con satisfacción—. No podemos pagaros vuestra ayuda. Lady Rose nos echó de Both sin pagar las telas y el señor tenía prisa porque todos los comerciantes se fueran antes del banquete.

Robert se giró al oír las palabras de la judía. La conspiración de Aebron había dado comienzo, no quería testigos cuando traicionara a los hombres del rey.

—Lo siento mucho —gimió Mary avergonzada pues no era la primera vez que un comerciante salía de Both sin recibir nada por su trabajo. Rose les habría dicho que ya no le gustaban las telas y los despachó sin más.

—Esto es para vos, Mary. Quería venderlo en la corte, pero me gustaría que os lo quedarais.

—No puedo aceptarlo, Beltane —negó mientras sus manos recorrían con reverencia la fina tela verde. Sus dedos se deslizaban una y otra vez sobre aquella maravilla bordada con pequeñas rosas de cardo, el símbolo de Escocia.

—Sí puedes y lo aceptarás —ordenó el *mormaer* con tono seco—. Vamos, Mary, no puedo perder más tiempo aquí.

—Quedáoslo, por favor —sugirió Aaron—. Os agradecemos mucho vuestra ayuda y es lo que mi hija desea, lo bordó ella misma.

—Entonces que así sea, amigos, aunque no creo que tenga ocasión de ponérmelo, es tan hermoso que lo rompería al trabajar. Os lo agradezco muchísimo a ambos.

—Te lo pondrás esta noche, en la cena —rugió Robert.

Mary miró al noruego como si estuviera loco. Ella no podía vestir así, era una criada. Aun así, lo envolvió con cuidado entre sus ropas y lo sujetó contra el pecho como el tesoro que era para ella. Vieron cómo padre e hija desaparecían por el camino y Mary supo que había recibido dos maravillosos regalos: la amistad de Beltane y el hermoso vestido, seguro que el padre Donald le diría que era un regalo divino cuando se lo contara. Ya no le importó tanto que Robert la hiciera recostarse contra su pecho. Estaba feliz y segura entre sus brazos, sintiendo su piel cálida y fuerte contra su espalda.

—¿Por qué querías ayudarlos, Mary? —preguntó el noruego al rato—. Ayer ni siquiera sabías sus nombres. Además, son judíos.

—Sé que son judíos, ¿y qué importa? Debemos ayudarnos entre nosotros. A los señores poco les importamos cuando estamos enfermos, solo cuando deben castigarnos por no cumplir nuestras tareas —afirmó, olvidando que hablaba con uno de esos señores.

—¿Qué sacas a cambio? ¿La satisfacción de hacer algo bueno? No lo entiendo. Te pasas el día haciendo cosas por los demás y nadie te lo agradece. Tú no eres una sierva, Mary, deberías ser la señora de Both.

—Sí, soy una criada. Además, ¿vos no volveríais en una batalla a por uno de vuestros hombres gravemente herido?

—Solo para matarlo y que no sufriera más de lo debido. Yo no dejo a nadie atrás.

Mary sofocó un gemido. No debía olvidar, por más que la hubiera besado y tratado con ternura, que era un guerrero, el más peligroso de Escocia, como le había advertido William.

La silueta del castillo se dibujaba en el anochecer, con la luna sobre el río Clyde hasta llegar al estuario abierto al mar. Las primeras luces se prendían en la gran explanada verde, frente a Both, donde los soldados acampaban y encendían las hogueras para pasar la noche.

Una imagen muy parecida a la de aquella noche de hacía dieciocho años cuando Mary vino al mundo.

Mary y Robert habían llegado al campamento y los soldados del noruego se apartaron para dejar paso a su *mormaer*.

Mary vio cómo se daban codazos entre ellos mientras los observaban a causa de alguna broma soez. Acaso pensarían que entre ellos había ocurrido algo... Bueno, no podían saber que la había besado, ¿o sí? Si llegaba a oídos de lady Aileen, la castigarían. Robert la ayudó a desmontar frente a la puerta de madera en el patio de armas, con prisa y sin despedirse. Mary se quedó allí viendo cómo se alejaba, parecía tener mucha prisa. Entonces recordó a William con sorpresa. No había pensado en él en toda la tarde ni en su cita de esa misma noche. Y Rose... iba a matarla. Corrió hacia la torre con su tesoro escondido entre los brazos, con temor a que alguien viera el hermoso vestido de rosas de cardo bordadas.

Robert la dejó a regañadientes, pero estaba inquieto. Su instinto lo llamaba a gritos, algo no cuadraba desde esa misma mañana. La judía y su padre lo habían confirmado. Aebron Dougall no parecía dado a lujos y el castillo era prueba de ello: murallas inacabadas, tapices ajados y comida escasa; sin embargo, había ordenado repartir entre sus hombres barriles de aguamiel y cerveza, había despedido a los extraños del castillo y preparaba un magnífico festín. El señor de Both era leal a los ingleses y él, la mano derecha del rey escocés, su enemigo. Will lo había estado engañando, haciendo que perdiera dos días. Lo había traicionado en favor de su padre. Cada vez estaba más convencido de que todo aquello era, desde el principio, una treta para entregarlo a los ingleses. Robert no habría sobrevivido a tantas batallas de no ser por su intuición.

Llegó hasta sus hombres. Duncan, su *tainestear*, intentaba poner un poco de orden entre ellos, ansiosos de mujeres y bebida tras tanto tiempo fuera de su hogar.

—Duncan —lo llamó mientras desmontaba.

Su amigo lo saludó con la mano y se acercó. Tan solo se llevaban un año y, sin embargo, los rostros de ambos reflejaban la misma dureza; desde niños habían sido protegidos por el rey, pero criados por ingleses que los depreciaban por ser bárbaros escoceses.

—Sí, mi señor.

—Duncan, saca a los hombres que estén en condiciones fuera de la muralla, resguárdalos en el bosque que hay junto a la playa y que esperen órdenes allí.

—¿Qué ocurre, Robert? —preguntó Duncan preocupado. Solo lo llamaba por su nombre cuando estaban a solas—. Dime que tienes una buena razón, porque la mitad de los hombres están borrachos y la otra mitad, heridos.

—Entonces saca de esta maldita explanada al mayor número posible sin levantar sospechas. Hay algo en Both que no me gusta. Es una emboscada de los Dougall. Creo que los ingleses vienen hacia aquí para capturarnos.

—No confías en William —dijo sorprendido.

—En quien no confío es en su padre. Nos vendería por nada a los ingleses.

Duncan sopesó sus palabras y negó con la cabeza.

—Ahora mismo daré la orden. En unas horas los tendrás fuera de aquí. Pero si son ciertas tus sospechas deberíamos irnos ahora mismo.

—Haz lo que te digo, amigo, hay algo dentro

que juré que llevaría a Malcolm; además, prefiero esperar tras unas murallas, aunque no sean nuestras, a luchar en campo abierto.

—¿La chica? —preguntó Duncan—. ¿Cómo es? ¿La habéis visto?

—Ve y haz lo que te digo, Duncan —gruñó Robert.

Le gustara o no, prefería que la muchacha se fuera de aquel lugar con dignidad y no como una fugitiva en mitad de la noche, si es que los ingleses lo permitían.

Duncan lo miró alejarse pensativo. Al final no le había contestado y eso solo podía significar que la hija del rey era muy hermosa o fea como el demonio.

Capítulo 5

Mary iba haciéndose más pequeña a medida que la ira de Rose crecía.

—¿Y dónde te habías metido, Mary? Porque en el castillo no estabas, mandé a buscarte y no te encontraron en ningún sitio —gritó una vez más Rose.

—Perdonadme, milady, fui a ver al padre Donald y el tiempo se fue...

—Mientes. También te buscaron allí. —Rose le agarró las manos con fuerza clavándole las uñas en la muñeca—. Pensé que te habías ido... —susurró, y la soltó de golpe.

Mary miró aquellos ojos azules. ¿Por qué pensaría Rose que se había marchado? ¿Es que Rose le tenía algún afecto y en realidad estaba preocupada por ella?

—Perdonadme, milady. No volverá a suceder.

—Más te vale, Mary. Si no, se lo diré a madre y te castigará, tenlo por seguro.

No. Era Rose, la misma de siempre, rencorosa y taimada, a la que solo le preocupaba tener a alguien al lado que la consintiera.

—Te buscaba porque padre dice que debes bajar a cenar con nosotros en el banquete en honor a Will y su amigo.

Mary soltó de golpe la jarra de agua contra el suelo. El barro se rompió en mil pedazos y la miró sin parpadear, ausente, mientras sus zapatos de paño raído se mojaban.

—Eres boba de remate. Limpia eso y ayúdame a vestirme. Padre ha dicho que cojas algún vestido viejo de los míos, aunque te quedarán largos. No desea que nos avergüences ante los invitados —ordenó Rose.

Mary sentía el corazón encogido. Nunca la habían invitado en todos esos años y nunca podría haber imaginado que aquella noche, con la vuelta de él, podría ser mejor. Pensó en William y ella. Aunque separados por cien personas, estarían sentados a la misma mesa. Recordó el vestido de Beltane, el que le había regalado, e imaginó en su mente cómo brillaría el delicado hilo de las flores violeta. Will la vería hermosa. Casi podía tocar la felicidad con las manos.

Frunció el ceño cuando recordó la orden del noruego de ponerse el vestido y se preguntó si no habría sido él quien lo había solicitado a lord Dougall para mortificarla. No sabía por qué la trataba tan bien cuando hacía años que nadie reparaba en ella. Una sombra detrás de

Rose, dedicándole cada momento de sus días, pasando inadvertida para los extraños, para todos excepto para Annie y el cura. Ahora, en poco menos de un día, Will había regresado, la costurera, Beltane, le regalaba un hermoso vestido y un noruego cara dura la había besado tras salvarla de los soldados.

—Puedes irte —dijo Rose, viéndola absorta mientras le ayudaba a vestirse—. ¿Es que no tienes nada que hacer? —le preguntó mientras cepillaba su largo cabello cobrizo.

Mary estaba tan absorta en sus pensamientos que no se había dado cuenta de que en la puerta estaba lady Aileen. Al salir, tuvo que deslizarse junto a la pared de piedra para no rozarla. La dama la miró con los ojos entornados, sin poder disimular su desprecio por ella.

—Señora —dijo con una reverencia breve. Se detuvo tras la puerta al cerrarla, sabiendo que no debía escuchar. Si la sorprendían, lo pagaría muy caro.

—Esta noche estás preciosa, hija. —Escuchó la voz de lady Aileen tras la madera. Últimamente, pensó Mary, siempre andaba escuchando conversaciones sigilosas—. Esta noche —siguió diciendo a Rose— mantente junto a mí en todo momento, no te separes pase lo que pase, y si hay peligro corre junto a tu hermano —dijo lady Aileen en voz baja.

—¿Atacarán los ingleses, madre? ¿Después del banquete? —preguntó Rose—. Es una pena, el *mormaer* de Athall es muy apuesto, si te gustan los bárbaros de las Highlands, claro.

—No podemos perder la oportunidad de acabar con el noruego. Tu padre será recompensado por el rey inglés con un nuevo título y tierras. Obtendremos al fin lo que nos corresponde, hija.

Mary se apartó de la puerta de un salto, sin pensar que podían oírla. ¿Cómo que atacarían los ingleses? La conversación del establo entre el noruego y Will comenzó a adquirir sentido: Aebron Dougall luchaba por los ingleses e iba a traicionar al *mormaer* y a su país, pero la duda era si Will lo sabía y entregaría a su amigo, o bien, si lucharía junto a su padre como un buen hijo. Lo conocía lo bastante bien como para saber que apoyaría a su padre. Alguien debía advertir al noruego. No parecía un santo, pero tampoco merecía una emboscada y la muerte junto a sus hombres. Lo peor de todo era el destino que esperaba a los Dougall y a Will como traidores a Escocia. El exilio y la deshonra los matarían.

Mary se preguntó, una vez más, qué estaba haciendo, amparada por la oscuridad, en busca de Robert de Athall, en su campamento. Sin embargo, era consciente de que Will al único que jamás daría la espalda sería a su padre adoptivo. Contarle la traición de Aebron, si bien desconocía con detalle los planes, hubiera sido una locura. ¿Qué podría hacer él? ¿Enfrentarse a su padre que bien podía negarlo todo viniendo de ella? Tenía que llegar hasta al noruego.

Un soldado la vio caminando entre las hogueras y se acercó.

—¿Qué hacéis aquí, milady?

Mary lo miró extrañada por su forma de dirigirse a ella. Claro, era por su vestido. Se había cambiado ya y lucía el vestido verde de Beltane bajo una capa de lana gruesa. Se preguntó qué haría si se encontraba con los hombres de esa mañana y retrocedió asustada. No acertaba a ver su rostro con claridad en la penumbra de las hogueras; sin embargo, sus ropas eran más elaboradas y dedujo que era un hombre al mando. Los ojos oscuros del hombre la miraban curiosos, intentando deducir quién era.

—Deseo ver al *mormaer*, por favor. Tengo un mensaje urgente.

—Soy Duncan, el *tainestear* de milord. ¿De quién es el mensaje, señora? —contestó sin acabar de confiar en aquella muchachilla encogida bajo su capa.

—De una amiga —susurró sin verle muy convencido.

—Acompañadme, por favor —dijo Duncan al fin, en lo que le pareció a Mary una eternidad. Nunca había esperado que le impidieran el paso, pero al parecer los hombres del noruego eran extremadamente desconfiados.

La condujo entre pequeñas tiendas, vacías en apariencia, y hogueras sin vigilancia. El único sonido en el campamento era el del viento rugiendo contra las lonas y el aullido de algún perro perdido. Todo estaba desierto. Duncan se detuvo ante una tienda como las demás.

—¡Robert! Una dama quiere verte —gritó Duncan a propósito, rompiendo el férreo silencio que los rodeaba. Un soldado aislado que pasaba lo miró negando con la cabeza mientras sonreía.

—¡Ahora no, Duncan! —contestó la voz ronca del noruego desde el interior oscuro de la tienda.

—Creo que es tu damita, por la descripción de los hombres —dijo Duncan en tono jocoso mientras encogía los hombros ante Mary.

—Qué diablos... —maldijo Robert antes de salir.

Mary lo vio emerger desde el interior con un *plaid* de los Athall, de cuadros azules sobre un fondo pardo, y supo enseguida por su cabello revuelto que acababa de despertarlo. Y, ¡cielo santo!, tenía el torso desnudo. Todos los músculos se marcaban a la luz de las hogueras creando más sombras de duro acero de las que Mary podía recordar. Oscuras cicatrices de soldado marcaban líneas escabrosas en su piel pero, en lugar de hacerlo desagradable a la vista, lo hacían aún más perfecto, más humano, en comparación con sus ojos de lobo, grises y aterradores. Se había recortado un poco el pelo, pero aún lo llevaba más largo de lo habitual. Bajo las luces le brillaba ocultando su rostro y, aun así, lo supo: estaba arqueando una ceja, interrogándola con la mirada.

—¡Vaya, Mary! ¿Qué haces aquí? Esta mañana te lo advertí, ¿lo recuerdas? Algo sobre andar por mi campamento sola —la acusó divertido.

—Aquí no hay nadie. ¿Dónde están tus hombres? —preguntó sobreponiéndose a la visión del noruego casi desnudo.

—¿Qué hacéis aquí, en realidad? —preguntó Duncan nervioso.

Mary lo miró molesta. Una pregunta con otra pregunta. Parecía que ambos bandos ocultaban muchas cosas.

—Lo sabéis, ¿verdad? He venido a avisaros, pero me temo que ya estáis al tanto de la traición de los Dougall. Has sacado a tu ejército de Both.

—La muchacha es observadora. —Rio Duncan—. Ya sé por qué no contestaste a mi pregunta, *mormaer*. Además, es hermosa.

Ella lo miró con sorpresa. La tenue luz iluminaba la franca sonrisa de Duncan y la hizo sentirse insegura ante su humor mordaz. Esos hombres no temían a nadie. Altos como torres, de brazos poderosos y frío en su mirada, parecían los antiguos dioses nórdicos de las historias del padre Donald, dispuestos a caer sobre ella por estar en el bando de William Dougall.

—¿Por qué traicionas a tu amor, Mary? ¿Venías a avisarnos? —preguntó Robert— o ¿tú formas parte de la trampa? —Se acercó a ella en un solo movimiento y la agarró de los hombros. Tuvo que agacharse para mirarla a los ojos. Esos ojos rasgados que danzaban a la luz del fuego y sobrecogían su cuerpo con esa mirada limpia e inteligente. ¿Cómo podía amar esa hermosa mujer a un niño como Will?—. ¿Sabes que al avisarnos traicionas a los Dougall?

Mary retorció las manos en su regazo, incapaz de mirarlo. Ni ella misma podía explicarlo con claridad y decidió decir la verdad.

—No traiciono a mi clan. No quiero la guerra ni la traición, eso solo traerá desolación a Both. Todos pagaremos por la ambición de los dueños y ni siquiera sabéis que existimos. Qué les importan a ellos vuestros reyes y vuestras lealtades, solo quieren pan para comer y una cama caliente para dormir. Ellos son mi familia y no dejaré que sufran —gimió pensando en Annie en las cocinas, los pequeños que la ayudaban y sus madres.

Robert la miró absorto. Había más nobleza en esa mujer que en cualquier hombre con poder. Su padre estaría orgulloso de ella.

—Quiero algo a cambio de mi lealtad con vos, *mormaer* —afirmó con vehemencia, reuniendo todo su valor. Su propósito bien merecía la pena. Conocía la fama del noruego, nunca hacía prisioneros.

El noruego entornó los ojos con desconfianza y le indicó que hablara.

—No haréis daño a las mujeres y a los niños de Both...

—¿Solo eso, Mary, de verdad? —susurró acercándose de manera peligrosa. No le hacía falta ningún acuerdo con ella, él ya estaba al tanto de la traición, pero decidió acceder, con una salvedad.

—Ni a William Dougall.

Una carcajada brotó a modo de burla de los labios del noruego.

—¿Ahora necesita que una mujer lo defienda? —siguió riendo—. Tienes mi promesa con las mujeres y los niños, pero si Will levanta su espada contra mí o mis hombres, lo mataré como a cualquier enemigo del rey.

—¿Y si volviera al castillo y diera la alarma? Prometed que no lo matareis —insistió Mary.

—Si das la alarma nadie podrá avisar a la gente de tu clan y quedarán atrapados en la lucha. Haz lo que tengas que hacer para salvarlos, pero si avisas a los Dougall lo sabré y nadie sobrevivirá a la batalla, sea soldado, mujer o niño.

Mary se mordió el labio. ¿Cómo podía ser tan despiadado? La esperanza de que él no fuera como contaban sus enemigos murió en aquel instante. Era cruel y vengativo. Se hallaba negociando con el mismísimo diablo.

—Piénsalo, Mary. No me conoces, yo nunca falto a mi palabra cuando digo que si me traicionas devastaré este lugar. Lo haré, créeme —presionó Robert, a pesar de que no quería llevar a cabo la opción. Duncan lo miraba, atento a sus órdenes. Si ella se negaba al acuerdo, la ataría y amordazaría hasta que todo hubiera acabado.

—De acuerdo —aceptó la escocesa con pesar, a la vez que encogía los hombros. Will tendría que valerse por sí mismo. Ella solo tenía que asegurarse de avisarle en el momento justo.

—Duncan, por favor, acompáñala hasta el interior del castillo —pidió el noruego mientras la seguía con la mirada, admirado por su audacia. Cuando ella se giró pudo ver las flores bordadas de su vestido. ¿Sabría ella que la flor del cardo era el emblema de Malcolm? No lo creía, pero no dejaba de ser irónico que ya hubiera elegido, con su vestido, un bando antes de hablar con él—. Un momento, Duncan. Espera a lady Mary a la entrada del campamento.

Mary se volvió y lo miró dubitativa. Robert se acercó a ella y acarició la tersa piel de su mejilla. Estaba radiante con el cabello recogido mostrando la fina línea de su mentón. Sus labios rosados y entreabiertos dejaban escapar su respiración entrecortada. Robert fue consciente de que Mary lo deseaba con el mismo fervor que él a ella.

—Mary, estás muy hermosa —dijo aproximando su cuerpo al de ella para poder seguir con sus dedos la línea del cuello, esbelto y descubierto.

Mary pareció quemarse ante la cercanía de su piel desnuda. Olía a jabón y su presencia era tan masculina que emanaba fuerza por cada poro de su cuerpo. ¿Sus músculos serían tan duros como parecían o serían sus dedos los que se desharían ante el contacto de su piel?

Robert disfrutó sintiendo cómo los ojos de ella recorrían su torso y no pudo aguantar la tentación de sumergirla entre sus brazos e inclinar su cuerpo para besarla. Un beso que pretendía que fuera breve. Acercó su boca a esos labios tentadores, pero en cuanto la rozó y sintió lengua contra lengua, su cuerpo reaccionó irguiéndose con fuerza bajo sus pantalones. Mary, ajena a su reacción, posó las manos en sus brazos y gimió ante el contacto del poder de sus músculos. Robert notó cómo su verga se ponía dura como el acero y la soltó con rapidez, temiendo no poder contenerse. Allí en su tienda, con el camastro tan cerca y la oscuridad sobre ellos, corría el peligro de perder la cabeza por la morena que lo miraba con placer.

—Princesa, ve a la cena como si nada ocurriera; cuando acabe, no te separes de mí. Ahora vuelve al castillo, antes de que alguien te eche en falta.

Ella quiso protestar, pero Robert la sacó de la tienda cogiéndola del brazo.

—Duncan —llamó el noruego a su amigo, que lo miraba expectante—. Asegúrate de que entra a salvo en el castillo —ordenó—. Y no le digas que, pase lo que pase, vendrá con nosotros.

—Sí, *mormaer* —contestó Duncan con el ceño fruncido.

No comprendía a Robert. Él no hubiera dejado marchar a la chica, ¿y si los delataba? Podrían desaparecer con la joven y su ejército en mitad de la noche, y sin embargo, su *mormaer* parecía querer enfrentarse a Aebron y a los Dougall. Sabía que Robert no perdonaba nunca una afrenta ni una traición, el condado de Strathclyde era escocés y el rey Malcolm, un padre para los dos. Su amigo devastaría Both, pero de alguna forma sospechaba que se debía a la forma en que habían tratado a Mary durante esos años. Tanto tiempo juntos, desde niños, le permitían admirar la profunda crueldad de Robert en la batalla, pero, en este momento, lo veía dominado por la venganza. Mientras caminaba junto a la escocesa rezó apiadándose de aquel que se enfrentara en combate a ellos.

—Duncan, así os llamáis —dijo Mary, llamando su atención, al llegar a las puertas de Both.

—Sí, milady.

—No me llames así, no soy más que la doncella de lady Rose.

Duncan sonrió y Mary le devolvió la sonrisa olvidando su pregunta ante las hermosas facciones del soldado.

—Debo llamaros así, mi señora. El *mormaer* se enfadaría si no os muestro el debido respeto y creo que lo merecéis.

Mary lo miró suspicaz, apartándose el pelo del rostro. Ese hombre tenía el don de la palabra para encandilar a una joven. A su lado alcanzó la puerta interior de la fortaleza. El patio estaba casi desierto y dentro se oía la algarabía de las primeras horas de la fiesta.

—¿Por qué me debéis respeto?

—Sois suya, milady —bromeó con un destello de picardía en los ojos.

Ella enrojeció. Seguramente le había contado su vergonzoso beso. Se despidió, azorada, con un breve adiós y corrió al interior. Ahora debía concentrarse en los suyos, aquellos que no tenían a nadie para velar por ellos y no en un guapo noruego de ojos grises, cruel y hosco.

En las cocinas, Mary organizó varios grupos para no llamar la atención de los soldados y sacó a los niños junto a Annie fuera de las murallas, a la aldea exterior. Allí estarían a salvo junto a sus familias. Mary se lo debía, eran la gente de su clan y sin explicaciones la siguieron. Solo cinco mujeres más y ella permanecerían dentro de Both para que nadie sospechase.

Rogó al cielo porque todo saliera bien y Will pudiera salvar Both sin levantar sus armas contra el noruego.

Capítulo 6

La noche había caído sobre Both y el salón del castillo se llenó de la jubilosa fiesta de los Dougall. Todo aquel grupo de gente, a quienes tan bien conocía, hablando y bebiendo, le produjo un temor reverencial. Mary se sentía como si no perteneciera a aquel lugar, cuando siempre supo que estaba en casa. Era por su vestido. Su lugar estaba junto a las mujeres que servían la bebida y los hombres que traían la turba hasta las dos grandes chimeneas del salón, no sentada entre los señores como si fuera una dama.

Fuera se había desatado una tormenta, pero los gruesos muros del castillo no dejaban oír los fuertes truenos que desde sus aposentos le hubieran parecido tan terribles. Cargada de funestos presentimientos se preguntó qué estaría pasando con los ingleses que se dirigían hacia el castillo Dougall. ¿Estarían el *mormaer* y sus hombres a salvo o se habrían enfrentado a ellos abiertamente? Observó de nuevo el salón, amparada por la oscuridad en las frías escaleras de piedra, y buscó con la mirada al *mormaer* entre quienes se hallaban sentados en la larga bancada. No lo encontró. La gran mesa en la cual se iba a servir, ya estaba preparada para la emboscada y supuesta fiesta. Se dispusieron otras dos mesas auxiliares, con caballetes a ambos lados de la plataforma de los invitados de honor y el jefe Dougall, y en ellas se sentaron los hombres de confianza del clan y los noruegos. Alrededor se habían dispuesto gran número de bancos de madera labrada por el carpintero de la aldea, cuyos dibujos estaban desfigurados por los restregones de las muchachas. No hacía mucho tiempo ella era una de esas muchachas y conocía cada una de las pequeñas formas y ondulaciones. La comida aún esperaba en las cocinas al invitado de honor. Por el número de soldados Dougall que se encontraban ya sentados, el noruego estaría muerto apenas pisara el gran salón, o quizá al terminar aquella representación esperando a que la cerveza nublara las facultades de los hombres del rey. El noruego era un loco o un incauto, pues no era posible que escapara vivo del castillo, con todos sus hombres fuera y sin más protección que su guardia personal.

Mary advirtió que el jefe Dougall asentía a algo que su hijo le decía en voz baja. Will estaba sonriendo. Sintiéndose como una tonta,

Mary sonrió a su vez mientras advertía cómo el cabello cobrizo, mojado después del baño, le caía a Will a ambos lados del rostro, arrancando reflejos rojos sobre su frente. Sus ojos azules danzaban a la luz de las antorchas, dominando sus hermosas facciones. Por primera vez, Mary iba a incumplir una promesa y sería por él. Will era su mundo desde que podía recordar. Tal vez juntos podrían evitar aquella locura.

En medio de sus pensamientos, sintió un fuerte empujón desde atrás y con el impulso del golpe cayó rodando los pocos peldaños que restaban hasta el suelo de piedra. Se miró viendo su hermoso vestido rasgado, enredado entre sus piernas. Se recuperó al momento, con su cuerpo ágil y moldeado por la fuerza de soportar pesadas cargas, y alzó la mirada desafiando a la culpable de su golpe.

Rose estaba allí, imponente en su altura superior a Mary. La seguía su doncella Meg y su madre, lady Aileen. Mary apretó los puños, arrugando la fina tela verde, y bajó la vista ante la sonrisa de triunfo de las dos damas; la habían pillado con la guardia baja.

—¡Parece una princesa! —exclamó inocentemente Meg con sus ojos negros, brillando de admiración por Mary.

Las dos sufrían la ira de Rose desde niñas y compartían confidencias ante las continuas burlas de la dama. Con tres simples palabras, que había pronunciado sin pensar, había sentenciado a Mary.

—¿Has robado ese vestido, Mary? —preguntó Rose inclinando su delgado cuerpo sobre ella. Su mirada azul cielo se tiñó de fuego y desde su altura rozó la cara de Mary, quien harta de sus constantes burlas, la apartó de un manotazo, descolocando el fino velo de Rose. Al momento, Mary se dio cuenta de su error y retrocedió asustada ante ellas.

—¡Maldita bastarda! ¡No oses tocar a mi hija! —gritó lady Aileen.

El furioso grito rompió la alegre algarabía del salón y llamó la atención de los hombres. El señor de los Dougall se levantó con rapidez, moviendo su enorme cuerpo con agilidad hasta las mujeres. Mary cayó embargada por la magnitud del castigo que ya presentía. No podía levantarse. Ni siquiera se había dado cuenta de haber caído de nuevo de rodillas. El terror comenzó a palpitar en su corazón.

—¡Traed la vara! —ordenó lady Aileen. Meg corrió escaleras arriba para cumplir su orden.

—No, milady, no quise hacerlo —suplicó Mary mientras se incorporaba con dificultad. La caída le había rasgado el hombro y la manga del vestido. Sofocó un gemido, temblando de miedo, como si se tratara de una hoja expuesta al viento.

Lady Aileen la empujó de nuevo contra el suelo con fuerza. Mary, doblegada por el miedo, se arrodilló de nuevo y la mujer, sin perder el tiempo, increpó a su esposo con la mirada.

—Aebron, debes castigarla. Ha osado lastimar a Rose... y mírala, ha robado un vestido. Se aprovecha de nuestra misericordia y tú siempre la defiendes. Esta piojosa te tiene engañado. Es hora de que aprenda su lugar en la vida. ¡Mírala, con el escudo del rey bordado por ella misma! ¡Un desafío a tu autoridad!

El *laird* de los Dougall miró a Mary dubitativo, hasta que su hija rompió a llorar contra su pecho. Su sobrina, allí de rodillas en el suelo, con su mirada suplicante, tan parecida a su hermana muerta al darla a luz.

—Padre, ha arruinado mi velo y me ha robado un caro traje. Mirad cuánta maldad tiene conmigo cuando yo solo deseo ser como una hermana —sollozó Rose.

—¡No es cierto, tío! —negó Mary—. Rocé su velo sin pensar. ¡Por favor, la vara no! —suplicó de nuevo, aferrándose al *plaid* de Aebron—. Tío, apiádate de mí, nunca os he robado nada.

Aebron era consciente de todas las miradas en el salón. Todos adoraban a aquella chiquilla y, sobre todo, sintió la presencia de William, que ya acudía en auxilio de la muchacha. La debilidad de su hijo por la pequeña bastarda antes era hasta graciosa, pero ahora se tornaba un peligro. Nunca, mientras él viviera, la hija bastarda del rey Malcolm se convertiría en señora de Both y del clan Dougall. No era la primera ni la última vez que dos primos sin sangre en común se casaban. Aebron se agachó frente a Mary, rodeó con la mano su cuerpo y le desgarró con rabia el vestido, dejando su espalda descubierta por completo. El poder del rey escocés había vuelto a Both y él lo extirparía de una vez por todas.

Lady Aileen le entregó la vara al momento, ansiosa por verla sufrir su castigo, ver a Mary humillada a sus pies.

Mary no se revolvió, sino que hizo un ovillo con su cuerpo esperando el primer golpe. Al fin habían quebrado su espíritu después de tantos años. Las últimas horas habían sido demasiado intensas: su hermoso vestido destrozado, el padre Donald haciéndole creer que ella valía algo, la vuelta de Will y aquel maldito noruego besándola, despertando algo dormido en ella, tratándola como algo valioso y hermoso.

Robert caminaba al frente de sus hombres con paso rápido. El patio del castillo estaba asegurado y sus hombres en posición, sin que nadie del interior tuviera la más mínima sospecha. Incluso diría que había sido demasiado fácil debido a la atención de los soldados puesta en el banquete del interior.

Ahora, acabada la primera batalla, con la adrenalina fluyendo por sus venas, solo deseaba ver a aquella belleza de cabellos negros que no podía arrancar de su pensamiento. Llevaba horas soportando las burlas de Duncan, que ya se tornaban pesadas, pero lo cierto era que su amigo tenía razón. Aquel beso en los acantilados, el sabor de la muchacha y su cuerpo, se habían quedado marcados en su mente hasta el punto de pensar en hacerla suya más allá de las órdenes del rey. Un deseo primitivo de proteger esa mirada dulce e inteligente lo obligaba a sacarla ya de ese castillo, antes de que le hicieran más daño. Traspasó las puertas del gran salón y vio a todos los presentes mirando absortos hacia las escaleras. Nadie se percató de su entrada triunfal y la de sus hombres, con las armas desenvainadas.

El grito desgarrador de Mary traspasó el corazón de Robert y dejó el salón en un silencio sepulcral. Robert vio al joven William, más alto que los demás, apartar el rostro, pálido como la misma muerte.

Aebron se contuvo, con horror de volver a golpearla, viendo cómo la piel de Mary se abría sobre las viejas cicatrices. Bajó la vara avergonzado para arrojarla sobre el suelo, horrorizado por lo que acababa de hacerle a su sobrina. Lady Aileen, cegada por la rabia, cogió la vara en alto. Aquella niña, a la que los criados adoraban y los hombres admiraban en secreto, debía recibir un castigo mayor que un único golpe. Deliberadamente se adelantó para, en vez de golpear su espalda, descargar su castigo sobre la cabeza. Marcaría aquel rostro perfecto que el trabajo no había destrozado. Nunca más ningún hombre o mujer se apiadaría de ella. «Princesa», la había llamado Meg. La rabia y la venganza le comieron el alma. ¿Por qué Malcolm no se había fijado en ella y sí en la madre de esa muchacha inútil? Podía haber sido reina.

—¡Deteneos! —gritó una voz junto a lady Aileen.

Con la fuerza de su brazo, Robert agarró a la dama por la muñeca haciéndole soltar la vara, que cayó al suelo, mientras la mujer se giraba enloquecida hacia el noruego.

—¿Cómo te atreves, sucio vikingo?

—¡Apartaos de ella! —bramó el noruego cuando vio perplejo el cuerpo de Mary acurrucado en el suelo.

Toda la espalda de la muchacha estaba surcada de cicatrices alargadas, la piel arrugada y blanquecina. El último golpe había abierto una fina cicatriz sobre la piel, arrancando débiles gotas de sangre que caían sobre el costado, entre los pliegues rotos del vestido. Muchas veces había visto a soldados con latigazos, pero nada lo había preparado para ver esa tersa piel profanada en una muchacha tan joven.

—¿Cómo os atrevéis, noruego, a tocar a mi mujer? —dijo Aebron.

Robert no contestó, consternado por la magnitud del castigo caído sobre Mary y la cargó en sus brazos con ternura. La joven estaba casi inconsciente, más por el terror que por el daño sufrido en su cuerpo.

—¿Cómo los Dougall os atrevéis a tratar así a la hija del rey? Malcolm se enterará de esto —gritó Duncan, protegiendo el cuerpo de Robert y el de la muchacha con el suyo propio.

William desenvainó, colocándose junto a su padre. Duncan lo imitó levantando la hoja de su espada y casi todos los hombres de la sala se situaron a un lado o a otro. El noruego se sorprendió de los muchos Dougall que eligieron su bando y el de Escocia, intuyendo que veían a Mary como a un miembro más del clan.

—¿Vos habéis permitido esto, William? ¿Desde cuándo? Ella os ama, debisteis protegerla de estas bestias —le increpó Robert. El chico, que antes lo miraba con admiración, negaba enfurecido, sin apartar la mirada de Mary entre sus brazos.

—Soltad a la chica y salid de aquí ahora mismo. —Aebron se adelantó hasta quedar a golpe de la espada de Duncan—. Debo entregarla a los ingleses, los mismos que ahora rodean Both. Me pagarán por la hija del rey. Moriréis en menos de una hora.

Robert entregó a Mary a uno de sus hombres de confianza y desenvainó.

—Eso creéis, traidor. No vendrá ningún ejército en vuestra ayuda. Esta tarde han caído a manos de mis hombres.

Mary, consciente de su traición, los miró con los ojos entreabiertos. Todo esto no tenía que haber sucedido. Ella había sido la causante de encender la chispa de la discordia. Si tan solo hubiera sabido permanecer en su lugar, nada de eso habría ocurrido así.

—Will, haz que paren. Te lo suplico —gimió. Robert tensó la mandíbula al oír su quejido y la ira lo invadió. Hizo chocar su acero con el de Aebron y lo desarmó con un solo movimiento. Hundió con saña la espada en su pecho para verlo caer a sus pies con expresión perpleja. Los soldados Dougall retrocedieron asombrados al contemplar la muerte de su señor de una manera tan precipitada.

—¡Llevaos a lady Mary! —gritó el *mormaer* al soldado que la sujetaba—. Protégela con tu vida —susurró antes de levantar su espada—. ¡*Samán*! —gritó. Al momento, sus hombres se alinearon junto a él al grito noruego de los Athall, «juntos». Era la hora de la venganza de Robert.

Mientras el soldado que llevaba a Mary atravesaba las puertas, el resto de los hombres de Robert entraron en el patio de armas. Los guardias yacían muertos y apenas encontraron resistencia. Montó a Mary sobre un caballo, como si fuera un fardo. Al traspasar la muralla vio los estandartes ingleses en el suelo y el olor metálico a sangre y muerte cubría los cuerpos de los muertos entre barro y piedras. El noruego los había engañado a las puertas de Both, atacando su retaguardia y había entrado en el castillo matando uno a uno a los soldados de los Dougall.

Mary cerró los ojos mientras el hedor de la muerte inundaba sus pulmones. ¿Qué había hecho? Había traicionado a su única familia, a William, porque no supo ver la bestia de guerra que se ocultaba tras los ojos grises del noruego. Solo deseaba que todos se salvaran de esa destrucción.

Cabalgaron casi una hora, durante la cual Mary rozó más de una vez la inconsciencia, helada hasta los huesos y con la culpa carcomiendo su alma, hasta que se detuvieron en una pequeña cañada. La desmontaron con cuidado y un soldado la envolvió en un *plaid*, dejándola junto a un fuego.

—¿Dónde estoy? ¿Y mi familia? ¿Qué les pasará? —El soldado pretendía dejarla allí sola, pero ella lo sujetó del brazo para intentar comprender qué sucedería ahora en Both.

—Milady, mi nombre es Gael —dijo el soldado con una leve sonrisa. Tenía la camisa manchada de sangre y los ojos pardos abiertos de par en par, observándola. Mary tardó en comprender que era su propia sangre la que manchaba al muchacho. La expresión amable del soldado la conmovió e hizo un esbozo de sonreír.

—Gracias, Gael, por sacarme a salvo del castillo. Pero necesito saber qué pasará ahora con mi familia y mi clan.

—Morirán todos, mi señora. El *mormaer* los masacrará, lo he visto antes —afirmó con una sonrisa sarcástica—. Son unos traidores a Escocia y merecen su fin, por eso y por lo que os hicieron.

Mary se arrebujó aún más contra la lana del *plaid* y se negó a llorar. El dolor de su espalda al rozar la lana la reconfortó. ¡Que el cielo la perdonara! Deseaba la muerte de lady Aileen y Aebron con toda su alma.

Capítulo 7

Un movimiento la despertó de su sueño. Se encontraba tendida de lado, en el regazo de unos brazos fuertes, mientras alguien inspeccionaba sus heridas. Rendida a esos enormes músculos, sentía el calor de un cuerpo próximo al suyo, la fuerte respiración golpeando su costado, el olor a cuero y brezo. El hombre inclinado sobre ella le acarició la mejilla con ternura y Mary frotó su cuerpo contra el calor que emanaba de esos dedos, una mano áspera y grande sobre la mejilla que, sin embargo, le resultó reconfortante. Se cobijó en ese movimiento, en las sensaciones que provocaba sobre su piel, hasta que la realidad penetró en su mente dormida: quien fuera estaba viendo las feas cicatrices de su espalda. Se levantó abruptamente para taparse y ocultar, a quien fuera, la horrorosa visión de su piel marcada y al abrir los ojos se encontró con la mirada del noruego, gris tormenta, dura como el granito.

—¿Estás mejor, Mary?

La voz ronca y potente del noruego la despertó completamente y con un impulso se giró para ponerse de rodillas y protegerse de él. Había estado tendida sobre una manta, en el suelo, junto a la hoguera donde la habían dejado hacía ya horas. Amanecía y la claridad iluminaba con un tono dorado el cuerpo de Robert. Apartó la mirada tarde, después de ver su torso desnudo hasta la cintura. Cientos de pequeñas marcas de espada rasgaban sus poderosos brazos, las prietas bandas en torno a su vientre y sus anchos hombros. La batalla había finalizado y él era el vencedor. Llevaba un *plaid* marrón y azul, con los mismos colores del que le dieron para taparse la noche anterior.

El noruego se puso de rodillas frente a ella para no asustarla y, aun así, Mary tuvo que alzar la vista hacia su rostro. El cabello negro le caía sobre la frente, ocultando una herida que le partía la ceja.

—¿Has matado a mi tío? ¿Aebron Dougall está muerto? —preguntó Mary con horror ante la mirada distante del noruego—. ¿Y los demás? ¿Y Rose? ¿Y Will? Él era vuestro amigo.

Robert apretó las mandíbulas. ¿Es que Mary no tenía otro pensamiento más que William Dougall?

—Lady Rose es ahora mi prisionera —contestó

señalando un carro en el centro del improvisado campamento, oculto por las sombras del amanecer entre los árboles.

—¿Y Will? —volvió a preguntar Mary, esperando lo peor.

El noruego se levantó con agilidad y le tendió su mano.

—Escapó. Vuestro amado Will huyó, como un cobarde, dejando atrás a su hermana y los cuerpos muertos de sus padres.

La mirada verde de Mary le suplicó una respuesta.

—¿Estaba herido?

—Tú estás herida, Mary —respondió el *mormaer* en tono seco.

Sentía la furia dominando el tono de su voz, pero no podía controlarse. Will, ese cobarde, no merecía la preocupación de la escocesa.

—¿Qué vas a hacer conmigo, noruego? —se atrevió a preguntar.

Él se agachó y levantó la barbilla de Mary para que lo mirara. Aquellos ojos verdes lo tenían preso de una sensación desagradable que comenzaba a crecer en su conciencia. En aquel salón no había luchado por su país, para hacer pagar a los Dougall el precio de la traición, sino por aquella muchachita que disimulaba su miedo.

—Voy a llevarte junto a tu padre. El rey te espera en Dunfermline. Sigo sus órdenes.

Mary apartó su mano de la del noruego. Despacio, se abrazó por el frío que recorrió su espalda. Confundida y asustada, sintió la mirada de él deslizándose por su cuello, bajando hasta el nacimiento de su pecho, e intentó taparse los hombros descubiertos con la pieza de lana.

Robert sintió la tentación de rozar con los dedos aquella piel lisa. Tenía que ser suave y tersa como la seda y pensó en cómo sería sentir su mano sobre aquellos hombros hasta bajar y encontrar las sublimes curvas de su pecho.

—Eso es imposible —negó Mary—. Mi «padre», como lo llamas, jamás me reclamó, no se preocupó por mí. ¿Por qué ahora? Tiene una familia e hijos, no soy nada para él.

El noruego recordó su compromiso con Malcolm. Había crecido bajo la tutela de aquel gran hombre, había sido parte de su lucha por mantener Escocia unida, y eso implicaba a Mary. Necesitaba la alianza con nuevos territorios. Sus hijas eran aún muy pequeñas y necesitaba la fidelidad del *mormaer* más poderoso del este, Rory Macbeth, señor de Moray. Un matrimonio de Mary con él les aseguraba a ambos que sus descendientes serían reyes de Escocia y su reino permanecería a través del tiempo. La muchacha lo miraba con los mismos ojos verdes de su padre, esperando una respuesta entre la súplica y el terror.

—Contestad: ¿qué quiere de mí? Tomó a mi madre y la abandonó, dejándonos solas. Era la hermana más querida de Aebron, murió al darme a luz, él jamás me lo perdonó, ni a ella ni a mí. —Deseó golpear al noruego para que no la siguiera considerando una estúpida.

Ambos se giraron al oír el relincho de un caballo entrando en el campamento. Detrás, dos figuras caminaban torpemente debido a la edad.

Los familiares rostros del padre Donald y Annie, surcados de arrugas, la hicieron suspirar aliviada. Corrió hasta ellos y los sumergió en el *plaid* abrazándolos.

—¿Y los niños? ¿Y Meg? —preguntó a Annie.

—A salvo, niña —lloró la anciana—. Nos ha salvado a todos. Estábamos en la aldea cuando Duncan nos descubrió.

El aludido alzó los hombros ante su señor, que lo miraba furioso.

—No me quedó más opción, Robert, juraron que nos seguirían hasta saber que lady Mary estaba a salvo.

—Sí claro, Duncan, lo entiendo. Dos ancianos podían habernos cogido desprevenidos —gruñó el noruego.

Mary lo ignoró y se separó del cura para cerciorarse de que estaba bien. Sonrió al verle el pelo alborotado y las mejillas manchadas de barro.

—Estoy bien, padre Donald, siento que no pudiéramos salvar sus libros.

—No había tiempo, niña, eran ellos o nosotros —dijo con tristeza—. ¿Estás realmente bien?

—Debéis venir los dos con nosotros.

Robert iba a replicar ante la idea de Mary cuando el cura se adelantó, levantando la mano para que ella lo escuchara.

—Eres hija de reyes, una MacAlpin. Tu sitio está con ellos. Este guerrero dice que es un hombre justo y que te quiere a su lado —dijo mirando a Duncan—. He querido creerle. Debes encontrar tu camino, Mary.

Annie se adelantó, cogiendo sus manos temblorosas.

—Pequeña, nada puede ser peor que Both. Quizás una familia buena te espere. Los santos saben que nunca has recibido el menor cariño por parte de los Dougall.

—Vosotros sois todo cuanto yo necesitaba, no quiero dejaros —replicó a los ancianos.

—Yo la protegeré y la cuidaré. Le espera una buena familia, os doy mi palabra —afirmó Robert con su potente voz.

Duncan lo miró sorprendido ante sus palabras. Un *highlander* nunca rompía sus promesas. El anciano también lo sabía y asintió.

Mary se sintió desolada. No quería abandonar su hogar, a Annie y al cura. No sabía qué le esperaba en la corte del rey. ¿Y si al verla la repudiaba? No tenía el delicado porte ni las maneras de Rose y las damas. No sabía nada del mundo ahí fuera, jamás salió de las tierras de los Dougall, ¿qué esperaban de ella? Sentía la presencia de Robert y Duncan tras ella y se miró las manos confundida. Tenía tanto que esconder... Su espalda surcada de cicatrices, sus manos ásperas y destrozadas. Las ocultó envolviéndolas entre sus brazos. Nunca se había sentido avergonzada de las marcas de su trabajo, eran la muestra de su forma de vida, pero en la corte no lo entenderían. El padre Donald avanzó hasta ella al comprender sus miedos y la sujetó de los hombros para hacer que lo mirara.

—Mary White, no hay nada que decidir, no es momento para el miedo o la duda. Both ha ardido sobre sus cimientos y William se ha convertido en un proscrito de Escocia. Ve con ellos, niña, aquí ya no hay nada para ti. —Se acercó a su oído hasta convertir su voz en un susurro—. Me temo, hija, que no te queda más opción que ir con él, por el momento. Si el rey quiere algo de ti, hazle creer que se lo darás; después sigue tu propio camino. Eres inteligente, busca la manera de ser feliz. Acuérdate: si te encuentras una gran piedra en tu camino, sáltala. —Se separó un poco de ella y le guiñó un ojo con esa picardía tan característica de él.

Muda de asombro, comprendió lo que su tutor le decía. El noruego había acudido a Both por orden del rey para que la llevara a la corte y nada le haría cambiar de idea. En cuanto pudiera escaparía, debía encontrar su propio camino, fuera de la tiranía de los Dougall y de un padre que no conocía. Lo besó en la mejilla y lo cogió de las manos.

—Padre Donald, os echaré de menos —afirmó con lágrimas en los ojos—. Encontrad a William y cuidad de él por mí. Si no continúo mi camino, lo pondré en peligro.

El noruego escuchó sus últimas palabras y se pasó la mano por el pelo con desesperación. Sin duda esa mujer era boba de remate. No podía comprender lo poco que le importaba su propio bienestar y cuánto el de aquel muchacho imberbe.

—Vámonos ya. Partimos hacia Dunfermline —rugió el *mormaer* a sus hombres por encima de las despedidas.

Mary resopló con fastidio. Si esa era la muestra de cómo transcurrirían los siguientes días, entre bufidos y órdenes, el camino a recorrer hasta su destino iba a ser muy muy largo.

Annie le entregó su capa de lana gruesa para protegerla del frío que no tardaría en llegar. Robert ya estaba a su lado, montado en su impresionante caballo negro. Como la vez anterior, se inclinó sobre ella y la cogió de la cintura. La elevó sin dificultad alzándola sobre la montura y la colocó delante de él. No dio a Mary la oportunidad de despedirse con largos abrazos, ni tan siquiera decirles cuánto los echaría de menos. Ella intentó mirar atrás para ver cómo desaparecían en la lejanía. El noruego la empujó con su brazo musculoso para que mirara hacia adelante y no viera las gruesas columnas de humo que se elevaban hasta el cielo. Both ardía, consumido por el fuego y la traición.

—Olvida el pasado, Mary. Ellos ya no forman parte de tu vida —ordenó Robert.

Las palabras del noruego la sumieron en la tristeza y la acompañaron durante horas mientras abandonaba la tierra de los Dougall.

Capítulo 8

—¿Dónde tenéis a Rose? —se atrevió a preguntar al cabo de un rato.

La había buscado con la mirada, sin resultado alguno, entre los hombres a caballo. Quería tener la certeza de que nadie iba a hacerle daño, el noruego no lo permitiría. Detrás de esa hostilidad que mostraba Robert ante todos, confiaba en él, nunca le haría daño a una mujer como tampoco a ella. Se había dado cuenta hacía tiempo de lo estúpido de esa fama que lo precedía y lo mucho que disfrutaba el *mormaer* con esa fachada de crueldad.

—Está en el carro, detrás de nosotros. Tuvimos que amordazarla y atarla. Se quejaba por todo, no dejaba de llorar y gritar.

—¿La has amordazado? —preguntó Mary indignada—. ¿Cómo has podido, noruego?

Antes que él pudiera reaccionar, la muchacha se deslizó entre sus brazos resbalando por la grupa del animal de una forma que hasta sus soldados hubieran envidiado en agilidad y rapidez.

—¡Maldita sea! —gritó Robert mientras detenía el caballo con brusquedad.

A veces Mary era como un animal salvaje, sin nada en común con las damas de la corte. La vio caer flexionando las rodillas por el impacto y levantarse al momento. No cabía duda, la muchacha sabía cuidarse sola. La siguió corriendo y vio cómo ella se impulsaba con sus delgados brazos para saltar al carro.

Robert quedó un momento paralizado al ver su delgado cuerpo e imaginó cómo serían los movimientos de ella sobre él, desnuda, moviéndose en círculos y agitando el largo cabello sobre ambos. El olor a lavanda de su cuerpo y la suavidad de su tacto, los labios firmes y tentadores, todo lo que había sentido en un solo beso en aquel acantilado de Both. Una corriente de deseo lo envolvió, haciendo que su corazón latiera más deprisa. Mary. Ella lo convertía en un débil muchacho guiado por el deseo, ni siquiera recordaba haber sentido nunca aquella lascivia por el cuerpo de una mujer.

El ruido dentro del carro y la voz de la escocesa le devolvió al presente. Entró como un vendaval, furioso y decidido a que ella comprendiera que no podía hacer lo que le viniera en gana. Allí estaba, con sus ojos verdes, mirándolo fijamente mientras cortaba las ligaduras de Rose Dougall.

—¿De dónde demonios has sacado esa daga, Mary? —gritó Robert perdiendo el control.

La furia que sentía hacía que las venas de su cuello palpitaran con fuerza. La tensión que había provocado esa deslenguada en su momento, le estaba recordando, en forma de un dolor lacerante, todas y cada una de las heridas que había sufrido en la toma de Both.

Mary lo miró desafiante ante los ojos aterrados de Rose y sostuvo delante de ella la afilada hoja de su daga.

—¡Es mía, no la he robado! —afirmó agitando el cuchillo.

Los ojos del noruego brillaban, con las pupilas dilatadas bajo la tenue luz que entraba del exterior. Cualquier mujer gritaría aterrorizada ante la visión del imponente guerrero frente a ella, con las mandíbulas tensas y los puños cerrados, pero ella no. Mary apretó los labios con firmeza y bajó despacio el brazo. Enfrentó con valentía su mirada verde contra el gris acero.

—No puedes tratarla así, es una dama. ¡Eres un bruto! —le gritó, para después darse la vuelta y soltar el pañuelo con el cual habían amordazado a Rose.

—¡Mary! —exclamó Rose, cobijada tras su cuerpo. La miró, viendo sus ojos azules, rojos y apagados. Solo el temor los teñía de vida.

Dieron un salto, ignorando al noruego, y salieron donde la presencia de él no fuera tan imponente. Robert la vio alejarse del carro con el andar de una diosa, arrastrando de la mano a Rose. ¿Acaso Mary pensaba que necesitaba proteger a Rose de su ira? Las siguió, apretando las manos a los costados, intentando controlarse ante aquella mujercita descarada. Nadie lo había enfrentado de aquella manera en su vida y mientras ideaba mil maneras de castigarla, una parte de él admiraba su descaro, su fuerza, su aparente fragilidad. Mary debía saber quién mandaba.

Los hombres del noruego los miraban con expresión perpleja. De hecho, toda la comitiva se había detenido alrededor de ellos con la sorpresa dibujada en sus rostros. Miraban a las dos jóvenes como si se tratasen del mismísimo diablo reencarnado en hermosos rostros y dulces curvas.

—¡Mary, vuelve aquí! —rugió Robert sobre el silencio que los rodeaba. Hasta los caballos parecían haber callado.

—¡No si vuelves a atarla y amordazarla! —afirmó Mary y se detuvo.

Robert y ella quedaron frente a frente, en una absurda posición. Él desde su altura, y ella, con la barbilla en alto, levantada para poder mirarlo a los ojos, con los brazos en jarras sobre la cintura. Mary, consciente de que a duras penas le llegaba a la barbilla, puso a Rose a su espalda para defenderla de él.

—¡Maldita mujer! Eres un constante dolor de muelas. ¡Te dije que no la desataras!

Rose los miraba con horror. ¿Qué había sido

de la dulce Mary que siempre parecía un conejo asustado? Ahora ella se enfrentaba a aquel noruego de dimensiones enormes y genio del demonio. ¿Desde cuándo tenían aquella confianza el uno con el otro para discutir así? Una idea horrible comenzó a corroer su corazón, a abrirse paso en su mente. Todo el tiempo, días atrás, antes del ataque a Both, y si... ¿y si Mary estaba detrás de la caída de los Dougall?, y si... ¿había ella conspirado contra su propio clan advirtiendo de la emboscada al *mormaer*?

—Fuiste tú —dijo Mary señalando al noruego— quien insistió en traerme, yo no lo pedí. Aunque Rose sea una prisionera, no deja de ser la hija del *laird* de los Dougall. ¿Adónde crees que va a escapar si está rodeada de tus hombres?

Robert movió la cabeza a ambos lados, desesperado por hacerle comprender que no podía enfrentarse a él. Era, simplemente, peligroso e inadecuado.

—De acuerdo, Mary. Entra en el carro con ella.

—No si vas a volver a atarnos —objetó Mary con tozudez, cruzando los brazos.

—Me estás sacando de quicio con esa daga de un lado a otro. ¡Estate quieta y sube al carro! —pronunció despacio.

Solo en ese momento Mary se dio cuenta de que a su alrededor todos los observaban. Duncan permanecía sobre su caballo ahogando una sonrisa. Los soldados la miraban con asombro. Ella estaba desafiando al *mormaer* de la guerra, a su señor, al hombre en quien el rey confiaba para guiar sus ejércitos. Con dignidad, Mary guardó el cuchillo entre los pliegues de la capa, cogió la mano de Rose y la ayudó a subir de nuevo al interior del carro. Suspiró. Una derrota no significaba perder la guerra.

Abrigadas por la protección de la lona, se sentaron abrazadas la una a la otra y escucharon cómo la actividad volvía a reanudarse. Los caballos pifiaron guiados por los soldados y la voz del noruego se oyó clara y firme dando instrucciones a los hombres. Cuando comenzaron a moverse se miraron la una a la otra mientras la tensión desaparecía de sus rostros. Mary se giró y recorrió con las manos el cuerpo de Rose, atenta ante los signos de que no la hubieran tratado bien, pero aparte del rostro sucio, surcado por las lágrimas derramadas, parecía estar bien.

—Mary, déjame, estoy bien —se quejó Rose con la voz débil—. No debiste enfrentarte a él, solo Dios sabe lo que podría hacernos. ¿Viste cómo mató a padre? Es un salvaje, no tuvo piedad con nadie, sus hombres mataron a madre.

Se derrumbó sobre Mary, con su cuerpo agitándose en un lamento silencioso. Mary la cogió entre sus brazos y la acunó como si fuera un bebé, a pesar de ser mucho más alta que ella, y de sobrepasarla en más de una cabeza. Mary había sufrido sus pullas y desaires, y, sin embargo, se sentía responsable de Rose, debía protegerla porque ambas sabían muy poco del mundo fuera de los muros de Both.

—Mataron a todos —siguió diciendo Rose—. No hubo piedad para nadie.

—¿Y William? ¿Lo viste, Rose? ¿Estaba herido? —le preguntó conteniendo el aliento.

—La última vez que pude verlo, sus hombres lo sacaban a rastras de las almenas, pero no creo que estuviera grave.

Mary suspiró esperanzada. En algún lugar, Annie lo curaría de sus heridas y podría recibir los cuidados adecuados.

—Vendrá a por nosotras —dijo Rose con la mirada fija en ella. Una mirada llena de sospecha y cargada de un odio que Mary no supo ver—. Estoy segura. Will te amaba de verdad.

Aquellas palabras la hicieron sonrojarse y lanzar un suspiro. Los pensamientos se trabaron al llegar a su garganta. Antes lo hubiera dicho con total seguridad, como que existía la luna y el sol, pero ahora no estaba tan segura de corresponder a Will. Fue ese estúpido beso del noruego que había removido su corazón y su pequeño mundo hasta lo más profundo de su ser. «No», se dijo. No. Amaba a Will sin duda alguna, si no, ¿cómo era posible que le preocupara tanto?

—No es cierto, Rose, tu hermano me tiene cariño. Reza para que no piense siquiera en seguirnos, porque el noruego no tendrá piedad con él.

—Está bien, Mary, engáñate si quieres. Lo único que os separaba antes era mi padre y ya no está. Con Both destruido y el *laird* muerto, ahora Will es el jefe de los Dougall. Vendrá a por nosotras. ¡Ya solo estamos los tres, debemos cuidarnos! —afirmó Rose con cierta ironía. Si Mary esperaba librarse de su delito, estaba muy equivocada. Will le haría pagar caro su traición.

Un ruido en el exterior las alertó. Se callaron y esperaron. Rose se aferró al brazo de Mary, aterrorizada, y escucharon voces a su alrededor. Mary se desasió del brazo que la atrapaba y fue a asomarse entre las capas de telas que rodeaban su refugio en el carro. Tropezó con algunos restos de vasos y platos y solo entonces se dio cuenta de que ambas estaban sentadas sobre lo que quedaba de su hogar: el botín de Both. Los soldados del noruego habían saqueado el castillo de arriba abajo. Allí estaban las cosas más veneradas de su casa. Sujetó entre sus manos la copa con joyas engarzadas que su tío Aebron utilizaba, el peine labrado en oro de lady Aileen. Si alguna vez pensó que Robert de Athall actuaba por una noble causa, ese pensamiento acababa de morir al ver el fruto del saqueo de todo lo que conocía y era querido. Tiró al suelo lo que había recogido. Nada de aquello valía si todo se había destruido. Rebuscó entre sus ropas y sostuvo la daga de Will, la que le había regalado en su décimo cumpleaños, grabada con los nombres de ambos. Recordaba cómo todas las noches durante un mes, Will se sentaba frente al hogar del gran salón grabando todas y cada una de las letras para ella, con paciencia y dedicación. Mary recorrió con los dedos los grabados como si lo conectaran a él y a los momentos que pasaron juntos. Algún día se la devolvería, se prometió a sí misma. Volvería con él tarde o temprano.

Una parte de su vida se había perdido. No siempre fue feliz con los Dougall, pero era la única vida que conocía y echaba muchísimo de menos a Annie y al padre Donald, sus consejos y regañinas. Pero el verdadero hueco vacío de su corazón era para William. Sintió las lágrimas brotar sin control y fue hasta donde Rose que, cobijada bajo las mantas, estaba dormida. La observó dudando. Hace tan solo unas horas hubiera sido impropio dormir junto a ella, pero su modo de vida y las reglas que lo regían se habían roto. Se tumbó a su lado y sintió cómo Rose buscaba el calor de su cuerpo. Era lo más parecido que tenía en el mundo a una hermana. Sentía un cansancio horrible, las heridas de la espalda la habían debilitado y poco a poco el sueño la abrazó hasta caer en la oscuridad.

—¡Sal de ahí, Mary!

La orden la despertó al momento con brusquedad. Aturdida, se tapó los ojos ante el resplandor de la antorcha frente a ella. Ahí estaba otra vez, frente a ella. El noruego la miraba con expresión malhumorada. El gris acero de sus ojos oscilaba bajo el movimiento de la luz y a Mary le pareció tan inquietante como la primera vez que se sumergió en aquellos ojos veteados de negro.

—Nunca sonreís, ¿verdad?

Robert la miró desconcertado. ¿Alguna vez conseguiría comprenderla? ¿A qué venía eso? Mary tenía los ojos enrojecidos, habría llorado hasta quedar dormida, eso sí podía entenderlo. Las emociones vividas durante la noche la habían debilitado.

—Ven fuera, Mary, debemos curar tus heridas. Acamparemos aquí.

—No necesita vuestra ayuda, yo misma la curaré —dijo Rose con desprecio, sin acordarse de que esas heridas las había provocado ella misma.

Ante la mirada fría de Robert, la joven retrocedió hasta el amparo de las sombras.

—*Mormaer,* iré con vos —susurró Mary para apartar la atención de él sobre la dama.

Robert sintió su mano antes que sus palabras, una mano cálida sobre su brazo, traspasando la fina tela de su camisa. Las yemas de sus dedos quemaban como el hierro candente y al tomarlos entre los suyos, sintió la aspereza de su mano contra la suave piel. Siguió con la mirada la delgadez de su muñeca y el brazo desnudo hasta el codo, donde la capa escondía entre sombras su piel lisa y tersa. Robert se estremeció mientras el deseo nacía desde su ingle hasta la base de su columna. Con un brusco movimiento se soltó de ella.

—Dejaré a un guarda fuera del carro para proteger a lady Rose.

Mary lo miró perpleja por aquella concesión y se sintió confundida. ¡Qué fácil sería si él demostrara no ser el monstruo bárbaro que todos veían sino un hombre capaz de ser tierno y considerado! Se regañó a sí misma por esos pensamientos y el noruego la miró con el ceño fruncido.

—Gracias, milord —afirmó—. Aunque a veces Rose sea un poco difícil, no es culpa suya.

El noruego creyó por un momento que de pronto su corazón latía más deprisa. La sensación duró solo un instante, lo mismo que la sonrisa de Mary. Aquellos ojos verdes lo miraron con adoración y le ofreció la mano como una invitación para ayudarla a bajar del carro. Mary dudó un instante, lo vio en sus dulces ojos y la cogió con firmeza. Él la bajó del destartalado carro y le rodeó la cintura con deliberada lentitud. Sintió a Mary temblar ante su contacto, no de miedo, sino de anticipación. Entre sus brazos se sentía segura.

Robert dejó que todo su pequeño cuerpo se deslizara sobre el suyo. Notó los finos huesos de las caderas rozando su pantalón, los grandes pechos, duros y firmes deslizándose por su torso. El pulso se le aceleró y su verga cobró vida dolorosamente ante el sutil contacto que él mismo había provocado.

Duncan apareció junto a ellos, a la espera de ocuparse de la vigilancia de lady Rose. Lo miró con reprobación.

—Lady Mary, me alegra ver que habéis podido descansar un poco —les interrumpió con una sonrisa en los labios.

—Sí, gracias, Duncan —respondió, aún turbada por las emociones que el noruego despertaba en ella.

Robert gruñó algo entre dientes que solo Duncan entendió y se la llevó tirando de su mano lejos del campamento. Mary comenzó a andar más despacio para que tuviera que arrastrarla solo por el gusto de verlo enfadado. ¿Qué creía, que podía hacer su voluntad con ella? Llegaron a la orilla de un extenso río, donde el brezo crecía por toda la ribera. El suave ronroneo del agua entre las piedras se dejaba oír bajo el arrullo de los primeros animales nocturnos. A lo lejos, solo alguna voz aislada delataba la presencia de un campamento lleno de soldados. Sentada sobre una roca les esperaba una anciana de pelo cano, encorvada por el peso de los años. La mirada de la mujer evitó al noruego y la recorrió con desconfianza mientras recogía su cabello en una trenza. A su lado, en el suelo, había una bolsa marrón remendada de la que salían algunas hierbas.

—Es la curandera —dijo Robert tan escueto como siempre.

Mary lo observó con el ceño fruncido y él le

dio un suave empujón para que avanzara hasta la anciana.

—No necesito que me curen —negó, poniendo los brazos en jarras mientras se giraba para enfrentarse a él.

Robert alzó una ceja con expresión divertida, intentando no sonreír. Mary vio otra vez en el noruego ese gesto que le hacía desear cubrir de caricias su hermoso rostro moreno y borrar la tensión de su mandíbula. Qué poco acostumbrado estaba a que lo desafiaran y qué magnífica sonrisa debían esconder esos labios.

—¿Siempre vas a llevarme la contraria, mocosa?

—No me llaméis mocosa.

Mary lo miró con sus grandes y rasgados ojos verdes, expectante ante su desafío, con el rostro elevado hacia él y la barbilla temblorosa. Si él tan solo pudiera borrar esa mirada temerosa y triste que le dedicaba cada vez que la contrariaba, sabía que descubriría, bajo esa capa de dolor, a una mujer fascinante. La escocesa solo había conocido esa forma de vida: el castigo cada vez que su espíritu rebelde y su avezada inteligencia florecían. Él mismo lo sufrió en su niñez, entre extraños, alejado de su familia y del cariño de un hogar, viviendo entre los ingleses. Despreciado por su ascendencia noruega y las consideradas bárbaras costumbres de las Highlands, tuvo que aprender a defenderse pronto, pero él había tenido a su lado a Duncan y al entonces príncipe Malcolm. Mary, sin embargo, había estado sola.

—Mary, por favor. Debemos limpiar las heridas de tu espalda y curarlas. Podrían infectarse.

Robert vio el cambio en sus ojos. Un sutil parpadeo de confianza y el corazón comenzó a latirle más deprisa, como si fuera posible volver a sentir algo. Ella se giró hacia la anciana y el espejismo desapareció. Muy despacio, Mary se quitó la capa.

—*Mormaer* —lo llamó Mary—. ¿Podríais daros la vuelta? —Incluso a ella le pareció haber pronunciado las palabras demasiado bajo y que el noruego no la había oído— ... Por favor.

No pudo evitar sonreírle. Ahí estaba el camino para entenderse con la escocesa: solo tenía que ser amable con ella y no levantaría su muro contra él.

—Esperaré en la entrada del sendero. No te alejes demasiado, Mary. Si me necesitas, llámame, desde allí podré oírte. —Comenzó a darse la vuelta, dando la espalda a las mujeres—. Cúrala lo mejor que puedas, anciana.

Lo vio marchar con paso seguro, su pelo negro confundiéndose con la noche, siempre con la barbilla alta, desafiando con su seguridad a todo el que se cruzara en su camino. La mano sobre la empuñadura de su espada al caminar, tensando sus enormes brazos bajo la tela de la camisa, como si se sintiera el rey del mundo.

—Si seguís mirándolo de esa forma, se dará cuenta. —Rio la anciana.

Mary se giró sonrojada de los pies a la cabeza y sonrió con timidez.

—Soy Agnes, milady, la sanadora del señor de Athall.

—Encantada, Agnes. Llamadme Mary, por favor. —Le tendió la mano correspondiendo a su saludo. La anciana esbozó una sonrisa franca, de dientes sanos y blancos, lo cual le dio cierta seguridad en sus remedios.

Escrutó una vez más a su alrededor, a la tenue luz de la luna, para asegurarse de que nadie las observaba, y se quitó el vestido hecho jirones. La brisa de la noche heló su cuerpo y se frotó con los brazos para darse calor.

—Intenta sumergirte en el agua, Mary —dijo la anciana incorporándose con pasos torpes para coger algo de la bolsa—. Debemos lavar tus heridas.

Cogió con sus manos huesudas una tela limpia y la mojó en la orilla del río a la espera de que ella acabara. Mary entró con rapidez en el agua. La turbulenta corriente llevaba el agua helada formando pequeños remolinos. Sintió suaves pinchazos recorriendo sus piernas a medida que caminaba despacio para no caer. Se internó un poco más. El agua era tentadora a pesar de la oscuridad. Hacía días que no se había bañado y se sentía llena de mugre, con la piel tirante y sucia. Se agachó en cuanto le llegó a los muslos y dejó que la corriente la limpiara. Agnes ahogó un gemido. Al girarse le había visto la espalda, surcada por los golpes, largas cicatrices cerradas y las dos más recientes en carne viva, marcando su joven espalda. Por eso siempre iba al lago sola, salía del castillo a hurtadillas para bañarse y que las otras mujeres no la vieran. Debían de ser horribles por la expresión compasiva que luego le dedicaban. Odiaba ver la pena con que la observaban. Solo una vez ante un espejo atisbó las marcas y después de aquello nunca quiso volver a verlas. Las sentía cuando Annie la curaba, alargadas y abultadas sobre la piel, rugosas y horribles.

Se sumergió de nuevo, contuvo la respiración para serenarse y se frotó el cabello y la piel, como si pudiera borrar los recuerdos. Casi a solas, la verdad penetró en su mente: las visiones de Both lleno de muerte y destrucción, los ojos de Aebron abiertos con su mirada fija en ella. Aún podía ver a Will y a su tío sentados a la mesa, compartiendo la bebida, y el gran salón iluminado por el fuego de las antorchas. Will, su dulce Will, ya no era un muchacho. Había perdido todo en una noche y ni siquiera era culpa suya. Aebron era el traidor, no era justo. Mary golpeó con rabia la superficie del agua y se hundió en ella. Comenzó a llorar por la niñez de ambos, perdida entre la traición y el poder.

Robert empezó a ponerse nervioso. Si no salía en un segundo, iría a por ella. Sobrecogido al verla desnuda, no sabía exactamente cuánto llevaba sumergida en el agua. Estaba distraído por primera vez en mucho tiempo. Su cuerpo de generosas curvas, el pelo largo y negro cubriendo los pechos llenos hasta la curva de sus perfectas caderas, el oscuro vértice de sus piernas, largas y fibrosas... Todo en ella mostraba una sensualidad pecaminosa que hizo a su cuerpo reaccionar como el de un animal en celo.

Todo hasta que vio su espalda, marcada a golpes. El mismo gemido que se había escapado de los labios de la anciana lo oyó en su corazón de soldado. Mary era demasiado joven para haber visto la crueldad del ser humano en su propia familia. En un segundo, ella salió de golpe del agua y su cuerpo emergió ante sus ojos bajo el plateado brillo de la luna, como un ser mágico del bosque. Robert envidió cada una de las gotas que con toda probabilidad se deslizaban por su garganta hasta alcanzar sus pechos. Una certeza demoledora asoló su mente: moriría por tocar su cuerpo, y eso era lo que Malcolm haría con él si osaba hacerlo.

—Niña, morirás de una pulmonía. Ven aquí a secarte —ordenó la anciana saliendo al encuentro de Mary con ropas secas.

—No te preocupes, Agnes, estoy acostumbrada al agua fría, me siento bien —le dijo Mary para calmarla. La anciana la envolvió e intentó secar su cabello con un lienzo.

—¿Quién os hizo eso en la espalda? —preguntó la anciana mientras extendía por su piel un ungüento que olía fuerte.

Mary se giró y la miró sin reproches por su curiosidad.

—Ya no importa, Agnes, quien me lo hizo ha muerto —Suspiró con tristeza, esperando que la mujer no preguntara más sobre el tema.

—¡Pues me alegro! —afirmó la anciana—. Solo un animal castigaría así a una joven como tú, Mary. —Sonrió un momento y la miró con afecto—. Mary —repitió la anciana dándose cuenta de que ya la tuteaba—, ponte esto antes de que cojas frío, niña. No son trajes muy ostentosos —se disculpó la curandera—, los que encontré os quedarían largos.

Los vestidos de lady Aileen y Rose, imaginó Mary, pensando en todo lo que había en el carro, los restos del botín de Both.

—Será perfecto. Gracias, Agnes —susurró con cierto recelo.

Mary se vistió deprisa. El frío de finales de otoño se clavaba en su piel como agujas. Una vez revisó su vestido marrón de largas mangas, suspiró contenta. Con él pasaría más frío por la noche, pero no era de lana gruesa que picaba.

—¿Y el noruego? ¿Debo ir a buscarle ahora? —preguntó encogiendo los hombros.

—Coge tu capa, niña —Rio Agnes con picardía—. Ha estado todo el rato ahí —dijo señalando los árboles.

Mary miró hacia un lado. Allí estaba él, recostado contra un tronco, con los brazos cruzados y mirada de enfado, esperando a que terminara. ¿Enfadado? ¿Por qué? Ella sí que estaba enfadada y enrojeció de ira al pensar que la había engañado. La había visto completamente desnuda y, lo que era peor, había contemplado sus cicatrices. Aunque hubiera visto su espalda en Both, ahora era más vergonzoso, si cabía.

—Sois un bárbaro sin modales —gimió dando una patada al suelo—. Habéis mirado —le recriminó.

Robert estaba tenso, como la cuerda de un arco a punto de disparar, contraído por el deseo. No era un hombre que acostumbrara a no conseguir lo que quería, y quería a Mary en ese momento, tomar su cuerpo y hundirse en ella hasta hacer desaparecer la sensación de necesidad que tenía de hacerla suya. Y pensar que aquel cuerpo, aquella mujer, había pertenecido a ese muchachito de Will Dougall, que él la hubiera tocado con libertad...

—Nada que otro hombre no haya visto ya —contestó con furia.

Mary lo miró pasmada por la insinuación. Sabía que se refería a Will, pero claro, él no podía comprender que no se hubiera entregado a él. Si deseaba pensar que Will y ella habían compartido mucho más, no le importaba. Que ese bruto, frío y exasperante pensara lo que quisiera.

Capítulo 9

—Te traeré otro balde de agua —le dijo a Rose con paciencia mientras se lavaba con el cubo que Mary había acarreado desde el río al despuntar las primeras luces del alba. Al parecer, no era suficiente. De nuevo salió del carro y Gael se dispuso a ir con ella e intentar ayudarla.

Duncan observaba a Mary con una pierna apoyada en una piedra. Su expresión era furiosa, siguiendo con la mirada su ir y venir, hasta que ya no pudo más.

—Milady, no tenéis por qué hacer eso —musitó a Mary con respeto—, dejad al menos que Gael lo haga por vos.

—No me importa, Duncan —contestó ella con una sonrisa mientras agarraba el cubo con ambas manos, los brazos tirantes por el esfuerzo.

Duncan no pareció contento, poco a poco su expresión se volvía más obstinada.

—Vos fuisteis al río a bañaros, ¿por qué ella no puede hacer lo mismo? —dijo señalando el carro.

—Duncan, de verdad, no pasa nada. Hacía tareas mucho más pesadas para Rose que llevarle un cubo con agua...

—No lo harás más.

Con fastidio, Mary vio cómo el cubo se escapaba de sus manos y se vaciaba sobre la tierra. Allí estaba Robert, de pie, con los brazos en la cintura y una pose arrogante dibujada en su rostro. Ese hombre era peor que una mosca en la comida.

—*Mormaer* —dijo Mary con paciencia—, le decía a Duncan que no me importa hacerlo. No sé por qué le dais tanta importancia —replicó molesta.

En ese momento reparó en que el noruego se había afeitado y cambiado de ropa. Llevaba una camisa blanca y el *plaid* de los Athall. Ese atuendo mostraba cada uno de los músculos de sus piernas hasta llegar a las botas altas, dejando poco a la imaginación, por no hablar de la tela blanca que se pegaba a sus enormes brazos. Su rostro era aún más temible sin la barba, con su afilada mandíbula enmarcándolo. Tenía las pupilas tan dilatadas que hacían su mirada más profunda y oscura. Mary lo miró con sorpresa. No se había dado cuenta antes de esas facciones armoniosas: su nariz recta y aquellos ojos grises de un color maravilloso. Era magnífico en todas y cada una de sus partes, con un cuerpo esculpido en granito, de soldado, firme y musculoso en toda su magnitud. Imaginó sus dedos siguiendo la línea de cada nervio marcado en su piel, de cada tira de pura fibra que lo formaba. Respiró profundo. Fue inevitable. El color se le subió al rostro ante el recuerdo de su torso desnudo en el campamento, cuando lo buscó para advertirlo, y sintió como si tuviera las orejas metidas en un caldero de agua hirviendo.

Lo vio arquear la ceja, lo cual la puso más nerviosa. Desvió la mirada mortificada mientras se mordía los labios.

Robert sonrió. Muchas mujeres lo habían admirado, pero nunca se sintió tan satisfecho como con el reconocimiento de la pequeña muchacha. Era encantadora cuando se sonrojaba y se mordía el labio inferior avergonzada.

—Gael acabará la tarea, pero desde mañana Rose tendrá que valerse por sí misma y trabajar cuando quiera algo. Mary, ya no eres su criada.

Ella respondió con un gesto mohíno. Su mente y la experiencia le decían que no se rebelara contra él. Sospechaba que quería mantenerla alejada de la influencia de Rose, hacer su voluntad con ella, darle órdenes todo el rato y tenerla a la vista.

—Ayudaré entonces con la cena —contestó Mary con una sonrisa.

Sin esperar a que el noruego le diera permiso, se retiró. Se fue caminando deprisa hacia donde Agnes y un anciano soldado preparaban un asado sobre el fuego.

Duncan se acercó a Robert y se quedó mirando a la chica.

—Nunca creí poder ver con mis ojos, *mormaer* de Athall, que una mujer te rete y no caiga rendida en tus brazos. —Rio Duncan, dándole una palmada en el hombro a su amigo.

—Ni yo que deseara tanto partirte las piernas y molerte a palos, Duncan —gruñó Robert ante su risa socarrona.

Mary llegó al lugar donde estaban los ancianos y vio el cariño con que Agnes la recibía. Todos aquellos a quienes se acercaba, acababan rendidos a ella, a su humildad e inocencia.

—Gael —llamó el noruego al soldado encargado de la protección de la escocesa—, di a los hombres que preparen una tienda para lady Mary. No volverá a dormir en el carro, quiero tenerla a la vista en todo momento.

Duncan lo miró con los ojos entornados.

—¿Qué pretendes? ¿Tenerla a la vista o meterla en tu cama?

—No digas tonterías. Hay que vigilarla. No deseo que le hagan daño. Confía demasiado en los demás y no me fío de Rose Dougall.

—Soy tu amigo, Robert —siseó para que solo él pudiera oírlo—, y por eso he de decírtelo. Te estás engañando, fingiendo que lo haces todo por protegerla. Vas detrás de ella y, si la tocas, el rey te cortará la verga.

Robert lo agarró del cuello para enfrentarse a sus palabras. Se dio cuenta de lo que hacía y lo soltó con un empujón.

—Puedes tener a quien quieras, pero no a ella.

—¿Crees que no lo sé? Aún me queda honor. No voy a tocarla —afirmó Robert y se fue maldiciendo en dirección contraria a la muchacha.

Pasó las siguientes horas relevando a todos los guardias que pudo para alejarse de Mary, hasta que fue la hora de cenar. Se sentó con sus hombres mientras en la distancia vigilaba a las mujeres, que comían junto a Duncan. El guerrero las hacía reír con sus historias y locos ademanes. El noruego pasó un buen rato observando la actitud de las mujeres.

Rose reía coqueta, mientras su mano se deslizaba con mayor frecuencia sobre el brazo de Duncan y él la miraba encandilado por sus ojos azules, obnubilado por la belleza de sus rasgos. Había que reconocer que era hermosa, pero no con la bonita sensualidad de Mary, su natural porte y sus profundos ojos. Ella sonreía comedida, sabiendo por su mirada, que Duncan fanfarroneaba con la mitad de las cosas que contaba. Cayó en la cuenta de que hasta ahora no había visto sonreír a Mary de verdad, tampoco llorar, a pesar de la crueldad de la batalla. Tal vez no había asimilado aún las pérdidas o cerraba sus emociones a todos. Hacía bien, las emociones eran para los débiles. Mary y él sabían bien hasta dónde podía llegar el castigo físico y emocional cuando se permitían sentir algo por los demás, cuando los que amaban te fallaban una y otra vez.

En ese instante, Mary se giró hacia él como si todos y cada uno de sus pensamientos la hubieran llamado. Sus miradas se cruzaron, verde y gris, colores de Escocia. Sus ojos quedaron enredados en los de ella, no podía verlos con claridad por la luz del fuego, pero intuía su verde luminoso, hecho del color del campo en primavera y de los bosques del norte. A su hogar. Mary apartó la vista de forma repentina, asustada por la profundidad de su conexión.

Robert volvió su atención hacia Duncan, pero el rastro de aquella mirada lo dejó confuso y pensativo. Alguna vez tendría que desaparecer esa atracción que sentía por ella, el sentimiento de protección que le inspiraba aquella pequeña mujer desde que la conoció en el patio de Both.

Mary sonreía a medias. Observó cómo Rose flirteaba con Duncan y sintió cómo la ira iba dominando su corazón. Cómo había podido olvidar Rose todo el sufrimiento vivido hacía pocas horas, la muerte de los seres que le importaban, la suerte que corría su hermano William... Rose era superficial y vacía, un jarrón hermoso sin nada dentro. Mary se revolvió incómoda. ¿Qué le estaba pasando? Ella era su única familia. No pudo aguantar más sus sentimientos encontrados y se levantó ante la mirada atenta de Agnes.

Echó a andar sin rumbo fijo, hacia el bosque, sobrepasada por las emociones y el horror. Sin darse cuenta, las lágrimas brotaron de sus ojos en un torrente difícil de detener.

Robert la encontró junto al río. Sentada en el suelo con el mentón apoyado en las rodillas. Se acercó despacio para no sobresaltarla y se sentó junto a ella. A Mary no le hizo falta mirarlo para saber que era él: su olor a hierba y madera, un olor agradable y suave que la devolvió al día en que la besó por primera vez. En aquel momento se sintió tan protegida en sus brazos que había correspondido a su beso. No hacía más de un día y parecía una eternidad.

—No debes salir sola del campamento.

—No soportaba estar riendo con los demás —contestó Mary mientras se limpiaba con las manos las lágrimas de sus mejillas—. No puedo dejar de ver los ojos de mi tío al morir, ni los cuerpos de los muertos, conocía a todos, me crie entre ellos. ¿Vos sí podéis? —preguntó sin mirar al noruego.

—Si puedo qué, Mary. ¿Olvidar que fui yo quien los mató, quien ordenó acabar con todos y quien quemó tu hogar? —contestó Robert con la voz teñida de amargura—. Nunca olvido nada, cada decisión tomada, cada acto cometido en nombre de mi patria y de mi rey. Todo pesa sobre mi conciencia para bien o para mal. ¿Me odias por ello?

Entonces lo miró, levantó sus ojos hacia él y lo que Robert vio en ellos lo sobrecogió. No era odio ni reproche alguno. Era pena por él, una compasión que nunca había visto en nadie al mirarlo. Quizás Mary entendía que también él sufría por sus actos y no era el bárbaro asesino que todos creían. Y Mary se arrojó a sus brazos, se cobijó llorando en su regazo como una niña pequeña. La sostuvo mientras ella se desahogaba, sin saber cómo calmarla. Acarició su cabello negro, sintiéndose demasiado grande y torpe, incapaz de darle el consuelo que necesitaba en esos momentos.

—Los muertos deben ser llorados si lo merecen, Mary. Nadie en ese castillo merecía una sola de tus lágrimas. Te trataron mal, princesa —susurró Robert rozando su cuello con los labios, atrapado en el olor de su piel.

Mary dejó poco a poco de llorar y se incorporó sin salir de su abrazo.

—Deseé que lady Aileen muriera, que tus hombres la mataran, que pagara por todo el desprecio que me hizo sentir —confesó Mary—. Me alegro de que muriera.

—No te sientas culpable por sentir la venganza. De hecho, fueron varios soldados Dougall los que acabaron con ella, los que se han unido a nosotros.

Mary contuvo un suspiro. Aileen había pagado años de ofensas y despotismo.

—Echo de menos a Annie y al padre Donald, ellos sí fueron como unos padres para mí, y a...

—¿A Will Dougall? —terminó Robert por ella y soltó una maldición—. Ellos están vivos,

Mary, y ese idiota no te merece. Consintió que te trataran peor que a un perro. Si fuera hombre, te habría sacado de allí.

—No lo entiendes —negó furiosa. No permitiría que el noruego juzgase a Will—. Él no podía hacer nada, ¿crees que era fácil enfrentarse a su madre?

—Tienes que olvidar lo que dejaste en Both, forma parte del pasado.

—¿Y qué me espera en el futuro? ¿Ser la hija bastarda del rey? Ni siquiera sé si me aceptará cuando me vea.

Robert se levantó furioso. Debía contarle la verdad: que iban a casarla, que no viviría en la corte, que solo era una marioneta para Malcolm y la enrevesada política de clanes. ¿Estaba ella preparada para oír la verdad?

Un lobo aulló a lo lejos, en el silencio de la noche, y Mary suspiró cansada. Se levantó para quedarse en pie frente a él, con los hombros hundidos y la cabeza gacha.

—¿Y a quién no podrías gustarle, Mary? —afirmó el noruego.

Pasó su brazo agarrándola de la cintura y la acercó a él. Aquellos ojos verdes, fijos en los suyos, los labios entreabiertos, como una invitación tentadora para borrar el rastro del dolor y el recuerdo. Se agachó despacio, dándole tiempo a que se apartara si lo deseaba. Atrapó su boca con la suya, la obligó a besarlo forzando su lengua en cada rincón hasta notar cómo el cuerpo de ella sucumbía, se rozaba con el suyo. Sintió sus pechos endurecerse contra la fina tela de su camisa. Mary lo quemaba con solo tocarla. La acercó, colocando su mano sobre la nuca, mientras ella enterraba la mano en los pliegues de su camisa. Ambos sintieron una atracción que les unía y les hacía perder la razón.

Mary se dio cuenta en esos momentos de que Robert dejaba de ser el hombre culpable de destruir su hogar para sentir que, a su lado, encontraba la seguridad. Nada existía, ni sangre ni reyes, solo el deseo de tocarlo y fundirse en su abrazo, en su boca, ver su propio reflejo en las pupilas de sus ojos mientras se derretía por él. Recorrió con las palmas de las manos su torso, caliente y duro, deslizó los dedos por su estómago marcado con tensas bandas de duro músculo. Mary sintió cómo el recorría su espalda y con un movimiento la empujaba contra su firme y dura columna, anhelando entrar en ella.

Fue Mary quien se apartó, asustada, empujándolo sin conseguir alejarlo ni un centímetro, hasta que él se retiró hacia atrás. Se sintió como una luciérnaga muriendo por el calor del fuego y tuvo que emplear toda su voluntad en abandonar su abrazo. No pudo mirarlo, avergonzada. Echó a correr hacia las fogatas del campamento. Huyó de él porque no se sentía mejor que Rose al traicionar el recuerdo de los muertos ni el de William.

Robert no la llamó, aunque la sangre se le agolpaba en el corazón. La miró irse, intentando recuperarse del deseo que Mary le provocaba. Vio cómo llegaba a salvo hasta Gael y Agnes, que la llevaron hasta su tienda. Dejó pasar un rato y tendió su *plaid* junto al lugar donde ella dormía. Despidió a Brian, que se ocupaba de la protección de las mujeres, y apoyó la espalda contra el árbol. Miró al cielo sin estrellas y tensó todos los músculos de su cuerpo para no aliviar allí mismo la primitiva ansia de placer que lo dominaba. Estaba tan cerca de ella que podía oír su respiración, el sueño envolvía a la muchacha. Le esperaba una larga noche despierto y sin consuelo.

Capítulo 10

Robert alzó la vista hacia las nubes negras. Había amanecido lloviendo, el otoño estaba cerca y en su hogar, al norte de las Highlands, las nieves caerían antes de tiempo. El cielo se tornaría gris, poco a poco, y la luz del sol adquiriría un resplandor blanquecino. Una luz que sus ojos claros agradecían, abriéndose casi por completo sin temor a deslumbrarse. Cuando era niño, su madre le decía que el cielo del norte de Escocia y sus ojos eran del mismo tono gris azulado. Ella solía decir que, cuando lo miraba, le recordaba a Noruega.

Se giró a su alrededor, donde los hombres se afanaban en recoger los restos del campamento entre la lluvia, que cada vez era más fuerte. Robert se deshizo de los pocos recuerdos que conservaba de su niñez y se preguntó cuándo podría regresar a Athall, a casa. Después de entregar a Mary, se prometió. Había pasado demasiado tiempo desde la última vez que estuvo allí; entonces sería libre de su misión y de su servicio al rey. Desde su montura veía todo el campamento y centró su mirada en ella, tan diminuta en comparación con sus soldados y, por extraño que pareciera, siempre sabía dónde estaba. La chica ayudaba a Agnes a recoger cosas aquí y allá, sin importarle tener la capa mojada, con una sonrisa en medio del mal humor de sus hombres por la persistente lluvia. Mary llevaba el pelo negro empapado, pegado a la cabeza y a sus hombros. Sus ojos brillaban y su expresión adquiría una concentración deliciosa al realizar las tareas que la anciana le encomendaba.

Mary White no era consciente de su valor para el rey y para Escocia. Los hombres la llamaban Bethoc, la afortunada, ¿una broma cruel de su niñez o una verdad sobre su espíritu fuerte? Bastarda o no, era la hija mayor de Malcolm, Mary representaba la alianza con los condes de MacBeth. La unión con ese territorio significaba que el rey controlaría todo el este de Escocia hasta las Highlands y las islas. Necesitaban esa alianza. Si en cualquier momento le ocurriera algo a Malcolm, caerían sobre sus posesiones y su trono. La boda debía celebrarse antes de primavera, si no, para cuando los ejércitos ingleses volvieran a atacar, el rey se encontraría sin suficientes hombres y con el reino dividido. Si, por el contrario, a Mary le ocurriera algo, debido a que era la única de las hijas en edad de contraer matrimonio, quedaban a merced de la guerra. Una hija por un reino.

La vio caminar hacia él, decidida y con el ceño fruncido, presagio de que no tramaba nada bueno. Robert bajó del caballo y la esperó con los brazos cruzados. Intentó no reír al verla tan enfadada y, en su lugar, adquirió una expresión hastiada. La observó acercarse, con esa forma de andar que parecía querer esconder sus curvadas caderas y su encanto natural, el pelo suelto formando un manto negro y la barbilla levantada en señal de desafío. Sus preciosos ojos verdes entornados, lo enfrentaron.

Mary sintió el escrutinio del noruego, desde la punta de los pies hasta el último de sus cabellos. Comenzó a sentir cómo el calor le subía al rostro. ¡Oh, no!, se suplicó a sí misma, y bajó la mirada avergonzada. ¡En nombre de todos los cielos! ¿Cómo podía sentirse tan vulnerable ante ese hombre? ¿Sería por sus ojos amenazadores? ¿Por su enorme altura y envergadura? O porque, simplemente, su corazón latía a toda prisa siempre que él estaba tan cerca...

—Buenos días, *mormaer* —dijo Mary sin mirarle.

—Robert.

—¿Robert? —contestó confundida ante la respuesta.

—Puedes llamarme Robert —ordenó muy serio.

—¿Por qué?

—¿Por qué, qué, Mary?

Lo miró confusa. Se sentía estúpida con esa conversación. Él la hacía sentirse estúpida y avergonzada. Sabía que el color de su cara era rojo ardiente. ¿Se estaba riendo de ella?

—¿Por qué debo llamarle Robert?

—Porque yo te lo ordeno. —«Y me gustaría oír mi nombre en tus labios», pensó él, «solo para ver cómo suena con tu voz, Mary».

¿Pretendía distraerla y avergonzarla más de lo que estaba? Estaba del color de las moras maduras.

—Buenos días, *mormaer* —lo saludó de nuevo, poniendo énfasis en la última palabra con una osadía que no sentía. Suspiró arrepentida; enfrentándose a él no conseguiría su colaboración—. Agnes dice que no hay sitio para mí en el carro.

—Montarás a caballo. No te quiero cerca de Rose.

Mary permaneció a la espera de alguna otra explicación, pero el carácter adusto del noruego no era dado a dar explicaciones.

—¿Por qué? —volvió a preguntar, enfadada.

Robert no pudo evitar reírse. Se sintió tentado de volver a marearla, pero comprendió que si seguía poniéndose roja iba a explotar.

—Mary, mis órdenes son ley, nadie las cuestiona ni pretende que las explique. Una vez dadas, se obedecen.

—Eres exasperante, «Robert».

El noruego alzó una ceja, cautivado por su coraje. Ninguna mujer, jamás, lo había desafiado como ella, ni le había hecho sonreír con tanta facilidad. No era esa exactamente la manera en que había deseado oír su nombre en los labios de ella.

—Mary, si estás en el interior del carro no puedo vigilarte. Si nos atacan, no puedo protegerte. Si decides escapar por culpa de esa niña consentida no lo podré evitar con suficiente rapidez —explicó sorprendiéndose a sí mismo.

—¿Y por qué iba a querer escapar? Te recuerdo que estoy aquí por decisión propia ¿o no, Robert? Además, ¿dónde iría? Has destruido mi hogar —contestó con rabia.

—Deja de volverme loco con tus preguntas, princesa. No fui yo quien traicionó a mi rey, fue Aebron Dougall, cúlpale a él. Tu hogar está ahora en Dunfermline, olvida tu antigua vida.

A Mary se le revolvió el alma. ¡Qué fácil parecía que olvidara toda su vida anterior! El noruego era obstinado y un mentiroso.

—Entonces tus hombres mienten. Dicen que el rey me entregará al *mormaer* MacBeth como esposa. No le mueve ningún impulso paternal por conocerme ni darme un hogar, se trata solo de codicia. Mi hogar será el de MacBeth, un desconocido.

Robert quedó mortalmente pálido. ¿Quién habría sido el perro malnacido que se lo había contado a la muchacha? Un movimiento junto a la carreta llamó su atención. Rose los observaba discutir con un brillo de satisfacción en sus ojos azules y al ver su mirada furiosa retrocedió,

oculta tras las lonas. Aquella chica tenía la maldad metida en la sangre y no le gustaba que
anduviera cerca de Mary.

—Escucha, Mary —Robert la cogió de los
hombros e, inclinándose, la acercó a él. Pudo
ver las lágrimas en sus ojos, amenazando con
salir.

—No quiero escucharte. Quiero volver con
Annie y el padre Donald —gimió como una
niña abandonada presa de una pataleta.

El noruego no sabía nada de consuelo, y entonces la abrazó, sintió el deseo de envolverla
con su cuerpo al ver cómo poco a poco ella se
hundía y se hacía más y más pequeña de lo que
era.

Mary quedó tensa, con el cuerpo rígido ante
aquella reacción del que creía era un bárbaro
sin corazón. No se esperaba, de aquel enorme
guerrero, un abrazo lleno de ternura, fuerte
y protector. El calor del cuerpo de Robert la
inundó con una maravillosa sensación de estar a salvo, inmune a todo. Vencida, le rodeó la
cintura.

El noruego aflojó los brazos con que la cobijaba y levantó la barbilla de la chica. Deslizó
sus ásperos dedos sobre la piel de la mejilla e
inclinó la cabeza hasta rozar su frente con la de
ella. El aliento, el calor de la boca de Mary,
le llegó en una llamada hacia los labios hinchados. Con una dulce caricia se deslizó entre ellos, cubrió por completo su boca y el
sabor de Mary lo invadió. La exploró sin piedad

uniendo la lengua a la de ella, ávida como él, entrelazados en un ritmo anhelante y tenso. Eso era puro deseo, caliente e imparable.

El grito de un hombre a otro, muy cerca de ellos, los sorprendió. Juntos volvieron al mundo que los rodeaba, a los sonidos y la lluvia que los empapaba, rodeados de soldados. Mary retrocedió despacio. Tenía las mejillas sonrosadas y la respiración jadeante, sabía que miraba al noruego con los ojos de alguien que ve algo nuevo y especial, algo que no sabía siquiera que existía hasta ese momento.

Eso era deseo, quiso decirle Robert al ver su desconcierto. Mary no sabía que aquella fuerza era capaz de mover montañas y lo había descubierto con él. Ella podía amar a William, pero no lo deseaba, no había surgido entre ellos la llama que prende el cuerpo de una mujer. Se apartó de ella y tomó aire.

—Montarás a caballo, Mary. ¿Sabes hacerlo?

—No —susurró con timidez. Vio cómo Duncan se acercaba a ellos llevando las bridas de una yegua parda.

—Gracias, Duncan, pero no sé montar —respondió martirizada. Todos los miraban. Con total seguridad, todo el campamento la había visto besando al noruego.

—Déjalo, Duncan, montará conmigo —ordenó Robert con un carraspeo.

—Por su protección, ¿verdad, *mormaer*?

—Por su protección —le contestó a Duncan con voz áspera.

Mary no entendió sus bromas, solo sabía que Robert había impedido que tuviera que dar explicaciones acerca de por qué nadie se había tomado la molestia de enseñarle a montar. Mary los vio irse conduciendo a los caballos y dejarla allí, bajo la lluvia, sola. Al darse cuenta de que no había terminado su conversación con él, los siguió a la carrera. Cada paso de Robert eran tres suyos. Le tocó el brazo para que se detuviera.

—No me he olvidado, no me has contestado.

El noruego se paró con tanta brusquedad que Mary casi chocó con su espalda.

—¿Qué es lo que no has olvidado ahora, princesa?

—Me llevas con el rey para que me case. No me has liberado de nada. Si mi vida era un tormento en Both, ¿qué me espera a manos de un rey que ni siquiera me conoce, o de un marido que puede ser peor? Además, qué dirá mi futuro esposo cuando sepa que me besas cuando te viene en gana.

Los ojos grises se clavaron en ella y levantó una ceja sin saber qué responder.

—Eso ya lo veremos cuando te cases, Mary, no me amenaces. Tienes un concepto equivocado de la vida, tú no decides tu destino. Debes agradecer que te sacara de allí y, respecto a tu futuro, ya está decidido, princesa.

Mary se quedó rígida, anclada al suelo. ¿Qué esperaba? ¿Que la liberara de las decisiones del rey? ¿Que proclamara, por un simple beso, que la amaba?

—No me llames princesa —le ordenó a la espalda del noruego, que de nuevo se marchaba dejándola con la palabra en la boca.

—Ya lo eres, Mary, y debes sacrificarte por ello. Por amor a Escocia.

Robert no creyó conveniente seguir con la conversación y montó sobre su caballo. Una vez arriba, la miró y tendió su mano para ayudarla. Esperó paciente a que ella la tomara y la colocó delante de él. La vio dudar ante el impresionante flanco del animal.

—Vamos, Mary, no te dejaré caer.

Ella lo miró molesta. ¿Acaso él sabía a cada momento lo que pensaba? Cogió con más fuerza la cálida mano del noruego y trató de olvidar sus miedos. Era fuerte y cálida, llena de cicatrices, que le hizo olvidar sus miedos y sumergirse en los recuerdos. Esa misma mano que había destruido su hogar y asesinado a cuantos se habían cruzado en su determinación. Aun así, Mary confiaba en él, sabía que nunca le haría daño de una manera física, pero sí a su corazón si confiaba en él. La sentó delante de él, a horcajadas. Con el *plaid* le tapó el regazo y las piernas, acomodándolo alrededor del cuerpo de los dos de manera que quedaran envueltos en una crisálida de calor donde ya no tenía cabida la humedad de la lluvia. Mary sintió los brazos del noruego, tensos y fuertes, con los nervios marcados en ellos, a ambos lados de su cintura. Con un movimiento seco de los hombros, acompañado de sus muslos y talones, el caballo inició un trote suave.

—¡*Samán*! —ordenó Robert a sus hombres, con la voz tan grave que Mary sintió su pecho retumbarle en los oídos. Todos sus hombres se pusieron en marcha al unísono, tras ellos.

—¿Qué significa *samán*? —le preguntó levantando la mirada hacia él.

—Es noruego. Muchos de mis hombres son hijos y nietos de los mismos hombres que acompañaron a mi madre desde Noruega, cuando se casó con mi padre. *Samán* es un grito de guerra que significa «juntos», en la vida y en la muerte.

—Desde que te vi la primera vez en Both me pregunté por qué te llamaban el *mormaer* noruego.

—Ahora ya lo sabes —contestó, incómodo por hablar sobre su madre—. ¿Siempre eres tan curiosa, Mary? Llevas haciéndome preguntas toda la mañana.

La oyó resoplar, como siempre que algo le molestaba, y sonrió.

—La verdad es que sí —afirmó Mary rotundamente para después sentir cómo se teñían sus mejillas.

El noruego rio y pasó las bridas a una sola mano. Con el otro brazo, la sujetó por la cintura para que se acomodara contra su pecho mientras llegaban a un estrecho en el camino. Había dejado de llover y el terreno en aquella zona era más pedregoso. Al ver el desnivel que quedaba a ambos lados, Mary se inclinó para divisar el carro en el cual iba Rose.

—Está bien, princesa, Duncan no se separa de ella. —Un silencio incómodo hizo que Mary volviera a su posición—. ¿Por qué la proteges con tanto celo? No lo merece, es egoísta y caprichosa.

—Es la única familia que tengo, crecí a su lado. ¿Tú no sientes lo mismo por tus hermanos o hermanas?

—Están todos muertos —contestó Robert con amargura—. Ahora descansa, Mary, Dunfermline está muy lejos.

Mary calló ante la confesión del noruego y se acercó más a su cuerpo tibio. Debía de sentirse muy solo a pesar de su fachada áspera y brusca. Comenzaba a ver que bajo la capa ruda de guerrero había un hombre de sonrisa sincera, leal a sus hombres y a su rey, por quien debía luchar muchas veces por deber. Intuía que, al destruir Both, se sentía culpable, aunque estaba segura de que, aun así, actuaría de nuevo de la misma forma. Le gustaba su forma de cuidarla, de estar pendiente de su comodidad, mantenerla caliente, mirar su plato para ver si comía bien, y a su manera, protegerla del despotismo de Rose. ¿Por qué no confesarse a sí misma que a veces veía en los ojos fríos del noruego una extraña calidez? Y muchas veces, después de arquear su ceja, siempre que hacía ese gesto, le sucedía una pequeña sonrisa encantadora.

Se quedó dormida entre esos pequeños detalles, recuerdos de besos, mecida por el movimiento del caballo y los poderosos brazos que la sujetaban. Totalmente confiada y entregada. Por primera vez no soñó con Both y aquella noche, sino con el anhelo de ver el amor reflejado en unos ojos grises azulados.

Capítulo 11

Robert la miró dormida en su regazo con una sonrisa en los labios. Se conmovió ante su imagen como un niño, moviendo la cabeza en señal de negación. ¿Qué tenía Mary White que desde el momento en que la vio ante las puertas de los Dougall había caído en su embrujo? Era bonita, de rostro desafiante y rasgos angulosos, no una deslumbrante belleza, serena y angelical, sino con fuerza. Muchas mujeres lo habían tentado con sus hermosas facciones o su cuerpo, pero nunca se sintió a cada momento cayendo por un empinado desfiladero sin vuelta atrás. ¡Parecía tan menuda entre sus brazos!... Su cuerpo contenía hermosas curvas bajo los anchos vestidos sin forma, pero no era esa la explicación. La respuesta estaba en esos ojos ahora cerrados, en lo que veía tras ellos: un atisbo de fuerza y coraje mezclado con la triste y pesada carga de la soledad, como los suyos propios. Un rostro y una mirada habituados al dolor y la traición.

—Will —dijo ella en sueños.

Robert tensó la mandíbula al oírla. ¿Por eso sonreía? ¿Por ese niño hombre que no era nada? Sintió deseos de dejarla caer y que volviera andando por donde había venido, hasta que esa sonrisa suya se congelara en el infierno de las ruinas de Both.

Mary oía el ulular del búho en sueños y, aún medio dormida, recordó el juego del escondite. La señal para esconderse era el reclamo de ese animal nocturno. Will la había inventado entre risas y Mary estaba encantada porque Rose y Meg siempre perdían, nunca les salía bien y no sabían cuándo cambiar de sitio y avisar la una a la otra. Entre mohines y protestas solo se encontraban entre ellas y nunca a ninguno de los dos. Will y ella se ocultaban juntos bajo la sombra de la choza del herrero, con los pies embarrados y la cara sucia, riendo como locos. Así fue hasta que él se convirtió en un hombre y pasaba el día entre armas, ejercitándose, sin tiempo para una mocosa como ella. Después, la guerra vino y se lo llevó lejos.

Otra vez escuchó el búho ululando, y en esa ocasión abrió los ojos con brusquedad.

—Will —su nombre escapó de los labios. Él estaba cerca. Lo oía. No era un sueño. Estaba vivo y lo bastante fuerte para haberlas seguido. «Piensa», la azuzaba su mente mientras se erguía entre los brazos del noruego. Tenía que llegar hasta él, hablar con Will, verlo, tocarlo, acallar la preocupación que sentía su corazón—. Robert, tengo...

—¿Qué quieres ahora, Mary? —preguntó Robert con tono seco.

Mary levantó la vista. No era el mismo que unas horas atrás le hablaba con paciencia.

—Tengo necesidades —soltó muerta de vergüenza.

Él resopló fastidiado y dio la orden de parar. Lo cierto es que llevaban parte del día sin desmontar, por esa vez haría una concesión. Mary saltó del caballo y el noruego gruñó al ver de nuevo cómo se escapaba de entre sus manos.

—Voy a por Rose. Seguro que también tiene ganas —gritó Mary mientras desaparecía entre los caballos. Sintió un frío helador, se estremeció al perder el refugio de calor junto a él. Miró hacia atrás, temerosa de que la siguiera. Lo vio descender del caballo con gracia pese a su altura—. Necesitamos intimidad —gimió para detenerlo, para que no la siguiera.

Al parecer funcionó, porque él se detuvo y prestó atención a su caballo. Robert estaba a punto de llamar a Gael, para que las vigilara desde lejos, cuando Mary se volvió antes de subir en el carro. Supo que ocultaba algo. Su mirada era siempre sincera y reflejaba sus pensamientos como un espejo. Mary le había mentido.

Por fortuna, al encontrar a Rose, estaba sola. La única compañía era la anciana Agnes, dormida en un rincón.

—Hemos parado, ¡menos mal! Ese malnacido vikingo va a matarnos, ni siquiera nos ha dado de comer, Mary. Y ese idiota que lleva el carro no me habla. ¡Este traqueteo es odioso! —Rose entornó los ojos, a punto de explotar. En ese instante calló. El reclamo del búho volvió a sonar y los sonidos pasaron entre ellas, como una caricia. La pelirroja abrió los ojos con sorpresa. Mary se llevó el dedo índice a sus labios y negó con la cabeza, señalando a la anciana que dormitaba en un rincón.

—Te lo dije, Mary —susurró Rose—, te dije que Will vendría a buscarnos.

—Nos han dado permiso para ir al bosquecillo.

—¿Para qué? —preguntó su prima.

—¡Para mear! No se me ocurrió otra cosa —contestó Mary impaciente.

A pesar de los nervios por la expectativa de encontrarse con Will, sintió ganas de reír al ver la expresión confundida de Rose. Mientras bajaban del carro, Mary se preguntó qué haría si Will le pedía que se fuera con él. La esperanza creció en su corazón con tal fuerza que agarró la daga, regalo de Will, oculta entre sus ropas. Nada le impediría seguir a su amor donde él fuera.

Se dirigieron silenciosas hasta los árboles.

Si él estaba observando el campamento, las seguiría.

—No os alejéis demasiado, señoras —gritó Duncan, que las vigilaba apoyando un pie en una roca.

Ambas se sobresaltaron. El corazón de Mary latía tan deprisa que iba a estallarle en el pecho. Miró a Rose con complicidad y ambas sonrieron más tranquilas. Iban a escapar. Corrieron todo cuanto pudieron entre los arbustos, con las faldas recogidas, en un intento de alejarse lo más posible del campamento. Una vez ocultas y lejos de las miradas de los hombres, observaron en busca de algún movimiento de ramas o algún sonido entre los robles y los serbales que las rodeaban.

Apareció de la nada, detrás de Rose. Inmediatamente le tapó la boca con la mano. En la otra llevaba la espada desenvainada. Mary y él se miraron, sin palabras, siempre habían sido capaces de entenderse con un solo gesto. Pero la expresión de Will era diferente. Su mirada azul, en otro tiempo cálida, era acero frío. En la comisura de sus labios se dibujaba una seriedad amenazadora. Su rostro demacrado parecía tenso bajo una barba oscura que ocultaba sus rasgos. Retrocedió un poco, asustada. Todo en él emanaba un odio visceral, aquel hombre no podía ser su Will. En ese momento le daba más miedo que el noruego. Will debió de ver su expresión de temor y le indicó que se acercara, soltando a su hermanastra. Rose lo miró con rencor al ver que solo prestaba atención a Mary.

—William, no confíes en Mary, fue ella quien nos traicionó —exclamó Rose ante la sorpresa de ambos—. ¡Hay que matarla o nos entregará al noruego!

—No fue así, Will, no le hagas caso —suplicó Mary, sorprendida por las palabras de su prima.

Sin darle tiempo a reaccionar, él atrapó su cuello y la atrajo hacia sus labios con rabia. Un beso salvaje y furioso que dejó a Mary sin respiración. Nunca creyó que su primer beso de verdad con él sería así. Una punzada de decepción la recorrió entera. Sus labios no anhelaban más, el sabor de Will no la llenaba, los labios demasiado finos y su lengua torpe la dejaron helada. Se sintió, incluso, asqueada. ¿Qué demonios le ocurría? Era eso lo que siempre había deseado. Intentó apartarse y él la soltó de manera tan brusca que estuvo a punto de caer.

—Sabes al noruego —dijo Will con odio.

—Hermano, hazme caso, fue Mary quien avisó al noruego de la trampa —gimió Rose, separándolos.

Will retrocedió dolorido, como si estuviera herido bajo el peto de cuero.

—Rose, ¡cállate de una maldita vez! —ordenó empujándola a un lado.

Ninguna expresión se dibujaba en el rostro del pelirrojo. Recorrió el rostro de su hermanastra con desprecio y escupió en el suelo con rabia.

—¿No te vas a defender, mocosa? —le dijo Will con tono burlón, como si se tratara de una extraña.

Mary comprendió que tal vez las vigilaba desde hacía horas y la había visto besarse con Robert.

—Corres peligro, Will. No debiste venir.

—Escuchaste mi señal, ¿verdad?

—Sí —susurró Mary mientras una oleada de recuerdos infantiles le dijo que Will, su dulce Will, estaba allí escondido bajo aquel soldado lleno de rabia.

—Le dije a Mary que vendrías a por nosotras —afirmó Rose abrazándole. Eso pareció ablandar un poco el rostro del Dougall.

—Debemos irnos ahora. Los hombres de nuestro clan que han sobrevivido son muchos, están tras el bosque. No tardarán en echaros de menos. —Escapó de los brazos de su hermanastra, miró a Mary con determinación, tendiéndole su mano para que la tomara.

—Sí, Will, vámonos —sonrió Mary, feliz. Era su lugar, junto a él, como siempre lo había sabido desde que apenas era una niña. Will, siempre Will.

—¿No me escuchas, estúpido bastardo? —gritó Rose—. Déjala aquí, te traicionó con Robert, están enamorados. Eres un idiota y un cobarde. Nos dejaste a madre y a mí solas con los demonios del noruego, no eres ni la mitad de hombre de lo que es él. ¡Tienes que matarla, si no lo haré yo! —gritó Rose, arrancando la daga de Will de su funda colgada al cinto. Elevó la hoja contra Mary, que la miraba perpleja.

Will vio con temor el cuchillo que ahora Rose empuñaba, fuera de sí, contra Mary.

Mary se tapó los oídos horrorizada por lo que sucedía y por las palabras de Rose. Toda la ira y el miedo que su prima había guardado se estaban canalizando contra ella y Will.

—No me llames bastardo, niña consentida —le gritó él enfurecido.

—Es lo que eres. Un maldito bastardo al que mi padre dio de comer. No eres mejor que ella. Los dos sois basura que nadie quiere. —Rose lanzó un gemido y se lanzó hacia Mary, con la daga dispuesta para vengarse de la supuesta traición.

William reaccionó por impulso, empujándola con todas sus fuerzas para que no clavara la daga en el pecho de Mary. Rose cayó, acabando en el suelo con un ruido sordo.

Mary la vio abrir los ojos una última vez. El terror dio paso al asombro mientras su hermoso rostro se convertía en una mueca horrible. Muerta. El cuello de Rose quedó en una posición extraña al golpearse con la roca. Bajo su pelo, un charco de sangre tiñó las piedras y el suelo a su alrededor.

—¿Qué has hecho, Will? —Mary no podía dar crédito a lo que ocurría. Los Dougall estaban malditos.

—Vamos, Mary. Ya no tiene solución, quería matarte... ¡Sabes que ha sido un accidente! —dijo Will confundido, cogiendo su brazo y arrastrándola hacia la profundidad del bosque.

—Will, la has matado —dijo, resistiéndose a su fuerza. No quería marcharse, no quería dejar allí a Rose, tirada entre los matorrales.

—¡Quédate donde estás, Dougall!

Will la soltó de la mano y la empujó a un lado. Se volvió para enfrentar al noruego con la espada en alto.

—Esto es entre tú y yo, Dougall. Deja a Mary —dijo el noruego al ver cómo el muchacho miraba a la escocesa. A Mary.

Su hermana yacía muerta a pocos pasos de ellos, en el suelo. Robert comprendió, con temor, que Rose no le había importado nunca, era a Mary a quien quería llevarse. Ese muchacho había enloquecido y la culpa era suya. Al fin y al cabo, había destruido su hogar y matado a sus padres. Ahora era un perseguido, un paria, seguramente Mary era lo único que le quedaba de humanidad. Estaba seguro de que no la amaba, se había convertido en una fijación para William. Nunca le había hablado de ella cuando eran compañeros de armas y amigos, aunque él mismo, de sentir algo por una mujer, jamás lo hubiera confesado. El amor hacía débiles a los hombres y la muerte los enloquecía.

—Robert, por favor, vete. Déjanos irnos, no

le hagas daño —suplicó Mary—. Lo de Rose ha sido un accidente.

Will la miró perplejo. ¿Es que ella creía que el noruego podía matarlo? Ese jodido vikingo iba a morir, necesitaba vengar a los suyos. Levantó su espada para atacarlo cuando Mary se interpuso entre ambos con su cuerpo. Robert consiguió desviar la hoja, que se acercó peligrosamente a la escocesa, empujándola tras su cuerpo. Will aprovechó su ventaja, mientras aquel salvaba a Mary, y con una estocada lo hirió en la pierna.

Robert cayó de rodillas sobre el suelo con una expresión de incredulidad dibujada en el rostro. Hacía años que nadie conseguía herirlo de gravedad.

—Vámonos, Mary, ahora —gritó Will—. Nada importa si estamos juntos.

Mary no oía nada, estaba de rodillas en el suelo mirando a su alrededor. Will la zarandeó con fuerza.

—Tenemos que irnos ahora. ¡Joder, Mary, ahora! —siguió gritando, intentando que se levantara. Vio moverse al noruego y Will se acercó con la espada para rematarlo. Mary reaccionó y sacó su daga. Se interpuso entre Robert y él con toda la valentía que pudo reunir.

—Más muertes no, Will, se acabó —rogó Mary mientras se oían en la lejanía las voces de alarma en el campamento—. Vete, Will —susurró mirándolo con dureza.

—¿Qué? ¿Estás loca? ¡Ven conmigo! ¿Es por

Rose? Era un estorbo, una perra malcriada que te hizo daño. ¡No quise nunca que esto pasara!

La rabia con que él hablaba hizo que Mary retrocediera asustada.

—Quédate con él, si quieres —pronunció amargado, sin comprender lo que veía.

Ella estaba arrodillada junto al cuerpo del noruego y ponía su mano sobre la herida para taponar la sangre con las palmas de sus manos. Mary miró a Will, luchando contra su voluntad. Deseaba más que nada en el mundo ir con él, pero no así, rodeados de muerte. ¿Qué vida les esperaba si para iniciarla todos morían a su alrededor? Rose había muerto y Robert perdía mucha sangre, tanta que, si no recibía ayuda, moriría en poco tiempo.

—Esto no acaba aquí, Mary. Te encontraré.

Cuando se giró, lo vio correr con agilidad entre los árboles, fuera de su vista. Mary cogió aliento.

—¡Duncan! ¡Aquí! ¡Ayuda! —gritó con todas sus fuerzas.

Robert abrió los ojos. Los tenía tan claros y nublados que Mary quiso llorar. Desesperada, miró a su alrededor toda la destrucción que había inundado su vida. Rose, muerta, yacía como una muñeca a pocos metros y la vida del noruego se le escapaba entre las manos.

—No te vayas con él, Mary White —gimió Robert rozando la inconsciencia.

Mary intentó tranquilizarlo y le acarició la

mejilla, manchando el rostro del noruego con su propia sangre.

—No, Robert, no huiré de ti. Ya no tengo dónde ir —susurró—. Will nunca me perdonará que me haya quedado contigo.

Capítulo 12

Duncan frunció el ceño; hora tras hora, Mary no se separaba del *mormaer*. Agnes, la anciana curandera, aseguraba que había pasado lo peor. Después de perder tanta sangre e infectarse la herida, solo quedaba esperar a que la fiebre bajara.

Cuando los encontró a ambos, Mary sostenía en su regazo la cabeza de Robert y, con la mano y su propio vestido, taponaba la herida de la pierna. Lo había salvado de una muerte segura. Si ella hubiera huido con Dougall, los minutos que hubieran perdido buscándolo entre la espesura, hubieran significado el final de su amigo. Duncan se preguntaba, una y otra vez, qué había llevado a Mary a salvarle la vida.

Con un suspiro se apartó del carro. El rostro de Rose muerta y su expresión de sorpresa, lo atormentaba. Era una mujer caprichosa y egoísta, pero no merecía morir así, a manos de su propio hermanastro. Hubiera querido ir tras

William, pero el estado de Robert y las súplicas de Mary lo hicieron desistir.

Los hombres prepararon un agujero excavado en la tierra y lo llenaron de ramas secas. Quemaron el cuerpo de Rose en una pira y ese fue el único momento en que Duncan vio a Mary derrumbarse por el llanto y la pena. Solo cuando vio cómo el cuerpo desaparecía entre las llamas, volvió con el noruego, habiendo despedido a la única familia que había conocido.

Al tercer día, Duncan envió a la curandera a que relevara a la escocesa. No podía seguir así, sin descansar y apenas comer.

Agnes entró en la carreta y sus ojos tardaron en acostumbrarse a la oscuridad del interior. Entonces vio cómo la muchacha recorría la frente del noruego con un paño húmedo.

Mary había presenciado cómo le habían llevado allí a toda prisa, sin mejor opción que cerrar la herida rápido con acero al rojo vivo. A medida que al noruego le subía la fiebre, Mary intentaba combatir sus demonios y el dolor por la pérdida de Rose.

—Hola, Agnes —saludó Mary con voz cansada—. Creo que, por fin, la fiebre ha bajado.

Agnes sonrió para sí misma, recordando el recato de la muchacha al desnudar el cuerpo del noruego. Se había puesto roja de los pies a la cabeza. Era la primera vez que veía a un hombre desnudo, y no a uno cualquiera. Si estaba en lo cierto, esa muchacha estaba enamorada del *mormaer*.

—Eso es una buena noticia, niña, despertará en cualquier momento —advirtió con una sonrisa a Mary.

Mary adoraba tocarlo. En el delirio de la fiebre había descubierto en su rostro las mil facetas de su carácter. Las pequeñas arrugas que se formaban en la comisura de sus labios, cómo se marcaba la línea de su mandíbula al tensarse y cómo le palpitaba la cicatriz del cuello cuando dormía. Mary había recorrido con los dedos la recta de su nariz, admirando su perfil nórdico. Los gestos que lo hacían temible despierto, eran tiernos entre sus manos. Se aprendió su rostro y su cuerpo como un mapa que le hablaba de lealtad, guerras, cicatrices, venganzas y una vida de soledad.

Agnes salió en busca de más paños y Mary sonrió. Supuso que solo disponía de unos momentos más antes de que el noruego despertara. Le acarició los brazos, trazando con sus dedos cada parte, deseando que la abrazaran. Deslizó las manos sobre las líneas oblicuas que se dibujaban en su abdomen bajo la piel caliente y las marcas de cicatrices. Descendió en su caricia hasta el límite de las mantas, donde evitaba siempre mirar mientras la anciana le cambiaba las vendas.

—Princesa, si sigues acariciándome así, vas a matarme.

La mano grande y fuerte de Robert atrapó su muñeca con un movimiento brusco. Mary lo miró asustada. Pillada en un momento de debilidad, se puso roja de la cabeza a los pies, ante aquellos ojos grises que la miraban divertidos.

—Suéltame, Robert —gimió asustada. Él levantó la ceja con un gesto pícaro. No la soltó, sino que tiró de su brazo hasta tenerla exactamente donde quería: justo encima de él, a escasos centímetros de su rostro—. Te harás daño, bruto insensato —lo regañó, intentando en vano no rozarse con él.

Era inevitable. Lo sentía en todas partes, como si ambos no llevaran nada encima y estuvieran piel con piel. El pecho contra el torso de él, su vientre sobre las costillas de Robert. El calor y la dureza que el noruego emanaba sobre sus caderas le llegó con un súbito bochorno a cada terminación nerviosa de su cuerpo.

—Mary, estás preciosa cuando te sonrojas —susurró en su oído. La agarró de la nuca cuando ella intentó incorporarse—. No escapaste cuando pudiste. ¿Por qué, Mary? ¿Por qué no lo hiciste? —siguió diciendo tan bajo que su aliento era una caricia sobre la piel.

—Yo... —acertó a decir fijando su mirada verde en él. Aquellos ojos de lobo, grises y hambrientos, la enfrentaron a la espera de una respuesta.

—¿Lo hiciste por mí, princesa? O tal vez porque mató a su propia hermana —siguió azuzándola Robert.

—No le nombres. ¡Y no, no lo he hecho por ti! —exclamó sin llegar a convencerse a sí misma. Asustada intentó de nuevo zafarse, pero a pesar de estar enfermo, Robert era más fuerte que ella.

—No me lo niegues, Mary. Te has quedado por mí. He tenido fiebre, lo sé, pero eran tus manos las que acariciaban mi piel. *Min prinsesse* —le dijo en la lengua de su madre. Buscó la mano de Mary, sin soltar la que la aprisionaba, y comenzó a acariciar la yema de sus dedos contra su tacto áspero de soldado.

Mary cometió el error de fijarse en su rostro, tan cerca del suyo. La fina línea que delimitaba la razón se desvaneció y poco a poco acercó sus labios a los de él. Rozó con tibieza la firme y suave curva de su boca hasta que Robert perdió la paciencia y la atrajo contra él. La condujo a acercarse tanto que Mary suspiró con el aliento entrecortado. La caricia de los labios del noruego la hizo abrirse para él, la recorrió ávido del sabor dulce que encontraba en ella.

Bebió de su boca mientras con su mano buscó la piel del cuello de Mary, suave y tersa. La dejó respirar y detuvo sus besos sobre la vena donde sentía palpitar su corazón. Sintió su pulso rápido y deslizó la mano por el hombro, haciéndose un hueco bajo el vestido. Encontró el nacimiento de sus senos y los atrapó con toda su mano, en una suave posesión que hizo gemir a la escocesa. Con Mary sentía que le faltaba algo que prometía el placer eterno y nunca llegaría, como un hombre sediento en busca de agua; una vez en su boca, necesitaba más y más de ella. Volvió a besarla, con profundos movimientos, alargando cada momento como si quisiera prolongar la sensación de poseerla. Acarició su vientre, rodeó los huesos de sus caderas, tomando todo cuanto podía abarcar con las manos y los labios. Descubrió la piel de Mary, igual que ella había hecho en su inconsciencia, pidiendo que aquel contacto no acabara nunca. Mary se apretó contra su cuerpo, intentando llenar el hueco que palpitaba en su interior.

Robert deslizó su mano entre ambos cuerpos, entre las piernas de ella, y notó la humedad del deseo de la escocesa. Con toda la suavidad de la que se creía incapaz hasta ese momento, introdujo un dedo en la estrechez de su cuerpo, acariciando el hueco de su femineidad. Mary gimió y encogió su cuerpo mientras las caricias del noruego se adentraban poco a poco en ella, cada vez más rápido, entrando y saliendo con habilidad. La hizo palpitar hasta que confundió el cielo con la tierra, lo correcto con el pecado. Se dejó llevar por las vibraciones que la sacudieron mientras él apretaba su pecho y lo mesaba entre su mano con devoción.

Mary sintió cada poro de su piel escapando de su cuerpo. Se apretó contra la palma de su mano buscando llenar su vacío. Lo oyó quejarse con un ronco gruñido y fue consciente de la herida del noruego. Mary se apartó de manera brusca, aún conmocionada por las sensaciones.

—¡Robert, tu herida! Te he hecho daño —musitó mientras se incorporaba. Comenzó a vestirse y lo hizo recostarse con ternura. Comprobó las vendas ante su mirada atenta. Procuró no mirarlo al sentir cómo el rubor teñía sus mejillas.

Robert sonrió. Nunca había dado tanto de manera desinteresada. Mejor dicho, nunca daba nada, y menos, ponía su corazón en ello. Jamás se había preocupado tanto por el placer de una mujer. Ver a Mary disfrutar, al principio con curiosidad y después fascinado por su pasión e inocencia, lo había vuelto loco. Necesitaba oírlo, que sus labios le dijeran que sentía algo por él.

—¿Por qué no huiste, Mary? —volvió a preguntar mirándola a los ojos.

—Estoy aquí por voluntad propia, Robert. No preguntes ahora, estoy aquí y tiene que bastar.

—Antes sí estabas porque lo deseabas, cuando pensabas que él no te amaba y no tenías donde ir. Cuando aún no sabías que te llevo hacia un matrimonio obligado —dijo Robert, atento a sus gestos—. Vino por ti, Mary.

—¡Basta ya! Vino por su hermana, todo salió mal —exclamó dolida al recordar lo que había hecho Will. ¿Por qué hablaban de Will ahora?

—No, Mary, vino por ti —insistió Robert—. Vi cómo intentó arrastrarte con él. Sé que volverá de nuevo pero esa vez lo mataré. Nada se interpondrá entre él y yo —le advirtió.

—Entonces mataos los dos, no intervendré. Empiezo a pensar que esto no es por la ambición de un rey ni por lealtad. ¡Esto es entre Will y tú, y yo solo soy un juguete para vosotros mientras intentáis decidir quién vale más! —gritó, harta porque ya no tenía más remedio que aceptar la verdad. Mientras el amor de Will se iba guardando en un baúl enorme junto con todos los recuerdos de Both y su niñez, su corazón comenzaba a palpitar por ese noruego de ojos grises y mal genio.

Si él hubiera decidido robarle su inocencia, se la hubiera dado gustosa, sin dudarlo, al momento.

—¡Mary! —gritó Duncan, entrando agachado en el carro. Los miró a ambos, azorado por haber interrumpido algo indudablemente importante—. ¡Has despertado, amigo! —exclamó una vez superado el desconcierto—. Robert, temimos lo peor... Pero maldita sea, ¿cómo ese chiquillo consiguió derribarte con la espada?

—¿Mary? ¿La has llamado Mary? —gruñó Robert ante el trato de confianza que tenían aquellos dos.

—Duncan, creo que tu amigo tiene el orgullo herido. Además, Will ya no es un chiquillo —azuzó Mary mirando al noruego, desafiándolo.

Duncan los miró, consciente de estar entre dos corrientes que buscaban chocar.

—Mary, te buscan para la cena —dijo, deseoso de quedarse a solas con el noruego para suavizar su actitud hacia la joven.

—Voy —resopló Mary—. Y no dejes que se mueva —dijo antes de salir.

—Maldita mujer —farfulló Robert—. ¿Y qué es eso de que la buscan para la cena? ¿La llamas Mary? Cuánta confianza en tan poco tiempo.

—Has pasado tres días entre la vida y la muerte. Te salvó la vida, Robert. No una, sino dos veces. Se interpuso entre el muchacho y tú, solo con una daga. Si no nos hubiera conducido hasta ti, ahora estarías muerto, desangrado en el bosque. No deberías ser tan duro con ella —le regañó Duncan—. Y es Mary porque, a pesar del respeto que le tenemos por salvarte y ser como es, nos ha obligado a todos a llamarla así.

—¿Los hombres también la llaman Mary? —preguntó Robert atónito.

—Sí. —Rio Duncan más relajado. Se sentó y apoyo la espalda, estirando las piernas—. Les hace la cena a tus soldados, junto a Mortag.

—¿Al cascarrabias de Mortag? —Robert no podía imaginar al maduro soldado, con más cicatrices que piel, bajo las órdenes de la muchacha. Mortag, que no comía nada que él mismo no hubiera cocinado—. ¿Ha hecho algún cambio más que deba saber? —preguntó dolido. Todos parecían saber cómo sacar lo mejor de Mary, todos excepto él, que no hacía más que discutir con ella. Ni siquiera le había expresado su pesar por la muerte de Rose. A Mary le importaba aquella egoísta y déspota.

—Creo que lo único que ha hecho mal es salvarte y cuidarte, asno desagradecido —se carcajeó Duncan.

Robert lo miró con dureza. Le tiró un cuenco con agua que había a su alcance para después echarse a reír con su amigo.

Mary se sentó, por fin, terminadas todas sus tareas, en un árbol caído, cerca del fuego que iluminaba los rostros de Gael y Agnes. Por primera vez Duncan no los acompañaba, seguía con el noruego. El campamento ya estaba casi en silencio. Los hombres aprovechaban para descansar, la noche era el momento en que paraban y todos se acomodaban formando un enorme círculo alrededor de la carreta en la que el noruego se recuperaba. A mediodía comían tortas de avena, queso o fruta a lomos del caballo. Había pasado los tres últimos días encerrada con Robert, cuidando de él sin descanso, excepto para salir al atardecer y ayudar a sus hombres. Adoraba esa forma de vida libre y, para ella, menos penosa que sus responsabilidades en el castillo. En Both, desde que se levantaba hasta el anochecer, trabajaba sin descanso y los pocos momentos en que paraba, lady Aileen la tenía en tensión. Pasaba cada día esperando sus castigos por alguna falta cometida, real o imaginaria. A veces, esa mujer, en su ferviente odio, la llamaba con el nombre de su madre para después hablarle del pecado que cometió Maude Dougall.

Mary acabó su cena y vio cómo poco a poco todos se retiraban. Ella siguió allí sentada, sobre el tronco. Estaba mortificada, no tenía donde dormir. La tienda era para Agnes ya que ella había dormido las noches anteriores junto a Robert. Cuando él estaba inconsciente, claro, no ahora que estaba despierto y ella se había rendido entre sus brazos.

Comenzó a horrorizarla la idea de que alguien le preguntara por qué estaba ahí, parada, sin acostarse. Esperó con paciencia a que todo estuviera en completo silencio y se tumbó frente al fuego. Se envolvió con el *plaid* de Robert, del que se había adueñado desde el día que la sacaron de Both. Por nada del mundo quería que nadie la viese, sola y llorando. Al menos en el castillo tenía al cura y a Annie, ellos dos eran su refugio; aquí, simplemente, y por mucho que la apreciaran, nadie se había preocupado por ella. Las tenues lágrimas que mojaban sus mejillas comenzaron a desbordar sus ojos. Tantos años conteniéndolas y ahora se sentía constantemente expuesta. Cerró los ojos. ¿Debía ser siempre así? ¿Cuidándose sola, luchando por tener a alguien que le demostrara un afecto genuino, siendo fuerte, mientras su mundo se desmoronaba una y otra vez a su alrededor?

Escuchó pasos y preparó su daga, quieta, para que quien la viera pensara que dormía allí por voluntad propia. Sintió la mano acariciar su pelo, el olor a tierra y brezo, y Mary se relajó al momento.

Con dificultad, el noruego la levantó en brazos, jadeando por el esfuerzo. Aún estaba débil, pero tantos años de entrenamiento y la comida le habían devuelto algo de fuerza. La miró entornando los ojos. El llanto de Mary era suave, y por ello, más desgarrador que si hipara e hiciera aspavientos.

—¿Por qué lloras, muchacha? ¿Y qué haces aquí, al raso? —preguntó Robert mientras la llevaba hacia el carro.

Mary no respondió. Se cobijó aún más en su pecho, intentando secar las lágrimas que la soledad alimentaba desde hacía años. El noruego, primero la hizo subir a ella, y después la siguió. La hizo tumbarse sobre las mantas y cayó agotado a su lado, dejándose tapar con el *plaid* de los Athall. Robert no le permitió apartarse, le rodeó la cintura y la acercó a su cuerpo hasta poder tenerla lo más cerca posible.

—No sé qué te ocurre, princesa —susurró él—. Te estuve esperando y no venías. Has hecho que tenga que ir a por ti —la recriminó—. ¿No te das cuenta de que siempre estoy buscándote y tú siempre estás metida en problemas?

Mary se sintió cobijada por el tono de su voz. Parecía enfadado, pero no era cierto.

—No tengo dónde ir, Robert. —El silencio acompañó su confesión, avergonzada por mostrarse tan vulnerable delante de él.

—Ahora sí, cariño, vas hacia tu hogar —afirmó el noruego.

Notó cómo la muchacha se quedaba dormida entre sus brazos y su respiración se hacía más pesada. No había sido a propósito, pero al amanecer mataría a Gael, a Duncan, a Agnes, a todos, por no reparar en Mary. La verdad era que todos habían pensado que acudiría junto a él a dormir, como en las noches anteriores, según le contó Duncan, pero no era excusa para haberle provocado ese disgusto. «Vas hacia tu hogar», le había dicho con total sinceridad, pero no había pensado en la corte del rey, sino en el castillo de Athall, en su propia casa, con su propio clan. Robert respiró hondo, no tenía sentido imaginar cosas imposibles. Se estaba convirtiendo en un idiota, débil y sentimental.

Capítulo 13

Robert despertó, sobresaltado, entre un amasijo de mantas y ropa, y buscó el cuerpo de Mary. No estaba allí, debía de haberse levantado y salido sin despertarlo.

Con paciencia, se vistió con dificultad. La pierna aún le dolía como mil demonios. Era la primera vez que veía, a la luz del día, la fea cicatriz que el cabrón de los Dougall le había hecho junto a la ingle. Resopló, sabiendo lo cerca que había estado de acabar con él. Sonrió al recordar la cara del pelirrojo cuando Mary lo amenazó con su daga. ¿Pero dónde se habría metido ahora esa muchacha? La buscó con la mirada por los alrededores, entre sus soldados.

—¡Gael! —rugió con furia.

El silencio se hizo en el campamento y los hombres lo miraron con sorpresa. Entonces Mortag, el viejo escocés, emitió un vitoreo que todos siguieron con rudeza. Su laird estaba vivo y en pie, lo que provocó el regocijo de todos.

—¡Gael! —volvió a gritar para evitar que los hombres vieran en su rostro la satisfacción que crecía en él con el reconocimiento. La lealtad de sus soldados era lo que más valoraba en el mundo. ¡Qué demonios! Nunca le había dado por pensar en esas tonterías. Seguro que aún tenía fiebre. Vio a Gael tropezar cuando acudió corriendo a su lado.

—Sí, *mormaer* —contestó con la barbilla rozando el pecho—. Permitidme deciros que estamos todos contentos de veros bien.

—Déjate de charla, muchacho... y gracias.

El chico lo miró sorprendido por su agradecimiento.

—¿Dónde está lady Mary? ¿Por qué no estás con ella?

—Está en el lago, mi señor. Por allí —contestó con voz alegre—. Se fue hace un rato. Me dijo que no era correcto que fuera con ella.

Robert frunció el ceño, desesperado con aquellos dos.

—¿La has dejado sola? ¿Eres idiota, Gael? —preguntó con sinceridad.

—Pero, señor, Mary ya no es una prisionera. Nos lo dijo Duncan.

—Lady Mary, para ti. Es princesa de Escocia. Deberías estar con ella. ¿Y si alguien la ataca o le ocurre algo?

El muchacho abrió los ojos sorprendido. Ni siquiera había contemplado tal posibilidad.

—Voy por ella, *mormaer*.

—Déjalo —suspiró Robert fastidiado—, y no vuelvas a separarte de ella o te desollaré vivo.

Comenzó a alejarse del campamento y el dolor de la herida fue desapareciendo a medida que sus músculos entraban en calor. Sentía de nuevo la fuerza en sus piernas y brazos, pero aún le quedaban unos días para recuperarse por completo. Apretó el paso, necesitaba saber que Mary estaba bien. Mary. Mary. Ocupaba todos sus pensamientos, grandes y pequeños. No sabía qué hacer con ella, o más bien, qué hacer consigo mismo, estaba obsesionado con esa mujer. Si ella alguna vez lograba atisbar el poder que tenía sobre él, sería devastador.

Cruzó por encima de un árbol caído, apartó las ramas de los árboles y se encontró de repente ante la orilla de un pequeño lago formado por un remanso del río. Las aguas cristalinas se mecían en torno a los guijarros y la turba del fondo se revolvía en continuos remolinos provocados por las corrientes. Sobre una roca, en la orilla opuesta, vio el vestido de color burdeos que ella vestía la noche anterior. Afortunadamente, nadie le había visto actuar como un bardo enamorado llevando en brazos a su dama.

Observó atento las ondas que formaba el agua entre las plantas de la orilla y la divisó a un lado, tumbada al sol sobre una roca plana, con su pelo del color de la noche en torno a ella.

—¡Mary! —gritó para llamar su atención; cualquiera que pasara por allí podría verla.

Ella se incorporó de inmediato y sonrió al verlo. Lo hizo sin ser consciente de cómo la tela húmeda se pegaba a su piel, dejando su cuerpo totalmente expuesto. Antes de que pudiera advertirle que no lo hiciera, ella se tiró al agua y nadó hasta él. La fina tela de la camisola flotaba a su alrededor, acompañando sus movimientos y dejando sus piernas al descubierto. Robert notó su cuerpo reaccionar con violencia, imaginó a Mary deslizándose entre sus manos de nuevo, desnuda, con el pelo cubriendo a ambos.

Al llegar a la orilla, Mary no salió del agua. Tenía el rostro y las manos rojas, no supo decidir si era por el frío o por la encantadora vergüenza que siempre la azoraba.

—Sí, Robert —contestó a su anterior llamada.

El noruego alzó una ceja, ¿acaso lo había imaginado? Solo dos palabras cargadas de una sensualidad que lo volvió loco.

—Sal del agua, debe de estar fría. No puedes estar aquí sola.

Mary sonrió. No podía salir sin su ayuda y le tendió la mano para que lo hiciera. Él se acercó a la orilla lo justo para no caer al agua y miró sus botas de piel, dudando. Esas botas le habían costado una fortuna. Al sentir el frío contacto de su pequeña mano, ella intentó tirar de él, lo cual le produjo una carcajada.

—¿Quieres tirarme, Mary? ¿En serio piensas que puedes conmigo? —siguió riendo Robert.

—Bueno, tenía que intentarlo, noruego —sonrió Mary—. Anoche me di cuenta de que necesitas un baño de manera urgente. —Se tapó la boca en un gesto pícaro.

—Anoche tenías la nariz taponada con tantas lágrimas.

Mary chasqueó los labios, regañándolo por recordarle ese momento de debilidad y vergüenza. No olvidaba cómo la había llevado hasta el carro, sollozando como una niña.

—Sigues necesitando un baño —le reprochó.

Robert la miró con tal vehemencia que Mary retrocedió en el agua, poco a poco, con miedo. Entonces él comenzó a despojarse de la espada, los cuchillos, el de la bota y el que cruzaba su *sporran*. La daga sujeta al cinto. El puñal oculto entre sus ropas. Sin perder tiempo, se quitó los pantalones y dejó que la camisa suelta cayera hasta las rodillas. Mary no quería mirar y se sumergió en el agua antes que verlo desnudo. El noruego, divertido, se sacó la última prenda que llevaba y esperó a que ella saliera a respirar. Cuando la vio emerger y Mary lo vio desnudo, abrió los ojos con sorpresa y emitió un gemido. Echó a nadar con rapidez en dirección contraria. Robert se tiró al agua y la persiguió sin dejar de reír. Mary nadaba rápido mientras la imagen del cuerpo desnudo del noruego la perseguía detrás.

Moriría por tocar su estómago sin una gota de grasa y dejarse caer en esos brazos, seguir la línea de su cuello y aferrarse a sus hombros. Se preguntó qué pasaría si no paraba y nadó aún con más fuerza. Él la atrapó al momento y la hundió al cogerla por la cintura. Robert la arrastró contra su cuerpo y Mary notó la erección del noruego pegada a su piel. Estuvo a punto de ahogarse. Mary tomó una bocanada de aire con toda la violencia que le exigieron sus pulmones.

—¿Ahora qué, princesa? ¿Vas a intentar hundirme? —exclamó victorioso.

—¡Estás desnudo! —afirmó paralizada, mientras él se reía—. Eres un bruto descarado.

Robert rio ante su enfado. Hacía años que no estaba tan relajado y feliz. Mary lo miraba, incrédula y sonrojada, sus ojos verdes expectantes y su mirada posada en su boca. La risa se congeló en los labios del noruego. La atrajo más hacia él.

Mary sofocó un gemido cuando sintió la presión de sus pechos contra la dura roca de los músculos del noruego. Lo deseaba con todo su ser: que él la besara y provocara de nuevo ese cosquilleo en su vientre que ya antes la había hecho enloquecer. Vio cómo Robert se inclinaba poco a poco, sin dejar de mirarla, buscando su aprobación en cada parpadeo de sus ojos y en cada rasgo de su rostro.

La boca de la muchacha, entreabierta, con la respiración jadeante, lo invitó a tomar sus labios. Sintió el leve contacto, suave y cálido, su sabor a frutas, a manzanas. La lengua comenzó a bailar con la suya, como nunca lo había hecho con ninguna otra mujer, como si al fin hubiera encontrado su compañera perfecta. Mary era suave, firme y llena de pasión. La rodeó por la cintura para sostenerla en el agua y sus manos buscaron la piel bajo la camisa que ella llevaba. Maravillado por su cuerpo, sintió las curvas de sus caderas, rodeó la cintura y subió las manos hasta atrapar sus pechos. Mary se aferró a sus hombros clavando sus uñas en la piel.

—¡*Mormaer*!

La llamada hizo que ambos se sobresaltaran. Robert la escondió entre sus brazos en un instinto protector y salvaje.

—¡Maldita sea! —gruñó, reconociendo la voz.

Otra vez resonó la llamada sobre el rumor del viento entre las hojas de los árboles. Bajó la cabeza para mirarla y se sonrieron, gris y verde, con los ojos iluminados como dos niños pillados en una travesura. Le indicó que guardara silencio con el índice sobre sus labios. Si los descubrían, a pesar de la lealtad de sus hombres, la virtud de Mary quedaría comprometida aún más. No podía permitir que las habladurías llegaran a oídos de su futuro esposo.

El pensar en entregarla a otro hombre lo puso enfermo.

Mary lo miró con adoración. Ya no tenía ningún sentido seguir negándolo. Su forma de protegerla y después de descubrir esa maravillosa sonrisa suya, la hacían caer rendida a sus pies. Estaba embargada por los sentimientos que despertaba en su corazón. Al verlo pensativo, rozó con los labios el dedo con el cual la mantenía en silencio.

—Aye —gritó Robert—. Ya voy, Gael, y juro por todos los santos que mataré a ese muchacho antes de llegar a Dunfermline.

—Ssshh, ve a buscarlo o me verá así —gimió Mary—. Además, me estoy congelando.

Robert asintió y la cogió en brazos. Avanzó caminando sobre los guijarros del fondo hasta la orilla.

—¿Quién te enseñó a nadar así? Eres rápida, princesa. —Al momento se arrepintió de haberlo preguntado.

Mary bajó la mirada, sin responder. Otra vez el Dougall entre ellos, como una presencia constante. La dejó en el suelo, junto a su ropa, y le ordenó que se vistiera antes de que Gael los encontrara.

En un momento Mary lo vio convertirse de nuevo, capa tras capa, en el guerrero que ella conocía. El hombre dulce y sonriente desaparecía bajo la ropa y las armas, hasta su rostro cambiaba. La mandíbula tensa, sus ojos, abandonaron toda la calidez azulada para volverse grises y fríos. Por último, cruzó su espada *claymore* en la vaina, a su espalda, y comprobó que ella estaba mirándolo.

—Quédate aquí, enseguida vuelvo, Mary. Acaba de vestirte —le ordenó con frialdad.

Mary asintió y lo vio marcharse en busca de Gael. De repente frenó en seco y retrocedió hasta ella con determinación. Tomó su rostro con ambas manos y le dio un fugaz beso, fuerte y espontáneo, para después desaparecer entre los árboles. Allí parada, aún sorprendida, oyó las voces lejanas de los hombres. Se quitó deprisa la camisola mojada y se puso el vestido. Trenzó sus cabellos, sin apartar su pensamiento de Robert. Cuando él se iba, un vacío se instalaba en su interior, oscureciendo todo a su alrededor. Pensar en él era devolver un poco de luz a su vida. Al despertar, aquella misma mañana, le había acariciado el rostro con devoción. Estaba un poco más delgado por la fiebre y más pálido, pero seguía teniendo un aspecto temible, firme y frío. Intentó convencerse de que no podía ser, pero sus besos la quemaban por dentro, descubrir su hermosa sonrisa le inspiraba una ternura infinita. Ternura, ¡su temible guerrero le inspiraba ternura!, parecía una broma. El culpable de la destrucción de Both, de la traición de Will. William. Había sentido algo por él cuando eran jóvenes, lo perseguía por todo el castillo y él jugaba a que no la descubría. Miradas furtivas y deseos de suspirar a escondidas, nunca la necesidad de tocar su cuerpo y notar la piel de él bajo sus manos. No dejaba de sentir que traicionaba el recuerdo de su amor, pero su beso no había despertado en ella sentimiento alguno, excepto la profanación de un amor idealizado. Inmersa en sus pensamientos, vio a Robert aparecer, llevando las riendas de su imponente caballo negro de guerra.

Mary se levantó de la roca en la que estaba sentada y fue a su encuentro. Black se alteró al verla y la empujó con la cabeza. El noruego lo regañó. No entendía qué le pasaba a su caballo, siempre tan obediente y comedido, hasta que la muchacha le acarició las crines y sacó de su vestido una torta de avena.

—Maldita sea, Mary, ¿le has estado dando de comer a mi caballo? —preguntó molesto al ver al caballo de guerra convertido en un pony dócil.

—También necesita cariño —masculló ella suspirando.

—¿También? ¿Quién más necesita cariño?

—Tú, Robert, tú necesitas cariño. —Sonrió sin mirarlo, dando a su tono la misma condescendía que mostraba siempre él ante sus preguntas.

Eso era lo que hacía a Mary tan especial. La forma en que se metía en la mente de los demás con una simple frase y una sonrisa, su intuición para saber lo que afligía al resto. ¡Por todos los santos! Si hasta su caballo se había rendido a ella.

—No era cariño lo que necesitaba ahí dentro —dijo Robert, señalando con la cabeza el lago.

Mary se sonrojó y echó a andar hacia el campamento seguida por el noruego y su caballo. ¿Por qué el noruego insistía en apartarla de su lado cuando parecía que por fin se entendían bien?

—Si vas a entregarme para que me case, no debe volver a pasar, *mormaer* —le ordenó, creyendo con firmeza que así le haría pagar sus cambios de humor.

Al fin y al cabo, ella era una princesa y debía obedecerla, ¿no? Le enfurecía que siguiera colándose en su corazón. Se estaba enamorando de Robert y él solo jugaba con sus sentimientos. En un momento tierno y cariñoso y, al siguiente, frío e inaccesible.

Robert caminó en silencio tras ella. Mary estaba distante y pensativa, agarrando con fuerza la camisola mojada que se había quitado. Tal vez fuera mejor que Gael los hubiera interrumpido, probablemente la hubiera hecho suya de no haberle llamado. Hubiera cometido traición a su rey, quien confiaba en su palabra de ponerla a salvo. Pero poseerla no era una traición. Al fin y al cabo, Mary y Will habrían compartido muchos momentos juntos. Pensar en el Dougall le hizo fruncir el ceño. No podía imaginar que ese hombre la hubiera tocado o le hubiera hecho el amor. Ese perro asesino lo pagaría, acabaría con él algún día. Mary no era para él, pero tampoco para William Dougall. De alguna manera Robert sabía que, al volver, ella había estado pensando en el pelirrojo.

Capítulo 14

Caminaron juntos hacia el resto de los hombres y, como si se tratara de un acuerdo tácito entre ambos, Mary y Robert se separaron sin mediar palabra.

En el momento que Mary siguió un camino distinto al del noruego, Gael ocupó su lugar junto a ella. Se dirigió a ayudar al viejo Mortag y recoger el campamento, pero los hombres le habían conseguido una yegua parda al pasar por una granja e insistían en que era para ella. Duncan la ayudó a montar y le aseguró que era un animal muy manso.

Atravesaban tierras de los MacNab y, aunque se trataba de un clan amigo, el noruego permanecía alerta. Al grueso de sus hombres lo había dejado hacía horas. Robert necesitaba proteger sus tierras al norte de Escocia, el resto lo acompañaría hasta Dunfermline, donde el rey esperaba a Mary.

Gael le explicó que un ejército tan grande,

en tiempos de guerra, era intimidante, por lo que ningún otro clan les dejaría atravesar sus tierras sin un enfrentamiento, por temor a la ocupación de sus castillos por parte de los hombres del rey. Mary sonrió. Gael le contaba los planes del *mormaer* como si le hiciese partícipe de todas sus decisiones. El muchacho era tan joven que Mary dudaba que tuviera más de dieciséis años. La guerra era lo único que conocían esos ojos castaños, su rostro era aún el de un niño desgreñado, pero no dudaba que, algún día, sería el motivo de desvelo de las jovencitas y un gran soldado.

Duncan la vigilaba atento, a su lado, guiando las riendas de su yegua. Dejaron atrás la zona de los Loch, los grandes lagos del oeste, y el grupo se sumió en el silencio.

—Duncan, ¿corremos peligro? —preguntó Mary al notar la tensión y el sigilo con el cual se movían los soldados.

—Realmente, no. Los MacNab son amigos de la corona, pero toda precaución es poca, estamos entre las tierras de dos clanes. Los Gregor sí que me preocupan, son un clan pendenciero y uno nunca sabe por dónde vagan. Pero no temas, Mary, estás muy bien protegida —afirmó Duncan, irguiendo su espalda sobre el caballo.

—¿Y el *mormaer*? ¿Está preocupado? —preguntó Mary mirando hacia delante, donde el noruego encabezaba la comitiva de apenas diez hombres. Duncan se carcajeó y la miró incrédulo.

—Él no teme a nada —contestó el guerrero.

—Es un ser humano, tiene miedo como todos, pero no a las mismas cosas —afirmó, más para sí misma que para los dos hombres que la flanqueaban. Duncan se quedó en silencio a su lado, incómodo. Mary se aproximó más a él—. Duncan, tú le conoces mejor que nadie, ¿por qué es tan frío y reservado? ¿Es tan serio como parece?

—¿Serio? —replicó al momento el amigo del noruego—. No creo que sea serio, tiene muchas responsabilidades sobre sus hombros. Un enorme clan, extensas tierras. —Pareció reflexionar buscando momentos en que lo hubiera visto relajado—. Le conozco desde que éramos niños y le he visto reír en muchas ocasiones —acotó perplejo.

Nunca lo había visto beber hasta perder la cabeza, ni volverse loco por una mujer. Ahora que lo pensaba, la muchacha tenía razón, pocas cosas alegraban la vida de Robert. Se separó un poco de ella, incómodo por sus preguntas.

—Mortag repite una y otra vez: «ese muchacho nunca se divierte, parece que tiene siempre una vara metida por...».

—¡Gael! ¡Cállate! —interrumpió Duncan.

Mary intentó no reírse, pero una carcajada se escapó de sus labios.

—Silencio —ordenó Robert desde su posición.

Los miró a los tres con dureza. La sonrisa de Mary, llena de hoyuelos, lo hizo apartar la mirada. Maldita sea, debía estar con todos los sentidos puestos en el camino que se abría ante ellos y ella lo distraía continuamente. Estaba frustrado y enfadado consigo mismo, desde la noche anterior, cuando durmió entre sus brazos. Esa misma mañana, en el lago, había quedado tan necesitado que no paraba de buscarla con la mirada. Tal vez fuera el hecho de llevar demasiado tiempo sin estar con una mujer, pero no podía seguir engañándose por más tiempo: la quería a ella. La herida lo estaba matando de dolor o más bien una idea que había surgido en su mente, que lo mantenía tenso: buscar a Mary y decirle que le aplicara algún remedio, que rozara de nuevo sus manos por su cuerpo y por fin se entregara a él. ¿Por qué entonces no acudía a Agnes?, diría ella. La anciana cabalgaba con ellos para que el rey no pudiera reprocharle que Mary viajaba sola entre sus hombres, pero debía haberla mandado con el resto de vuelta a Athall.

Mary no podía más. Las horas a caballo, en tensión, la estaban dejando exhausta. Ni siquiera podía hablar más que lo imprescindible y en susurros. Para empeorar aún más la situación, el cielo se cubrió de nuevo de nubes grises y comenzó a llover con fuerza. Duncan la miraba con tanta lástima que luchó por enderezarse en su montura y mantener la espalda rígida. Mary estaba segura de que su trasero estaba en carne viva, tal y como se sentía a cada paso del caballo.

A una orden de Robert, el grupo se detuvo de golpe. Mary se enderezó con alivio, intentando ver qué sucedía, tal vez iban a detenerse a descansar. Su gozo no llegó más allá. Atisbó un grupo de seis hombres desconocidos hablando con el noruego.

Duncan se adelantó y se situó junto a Robert. Rápidamente otro soldado tomó su lugar flanqueándola a ella a modo de protección.

—¿Son los malditos Gregor? —preguntó en un susurro al muchacho. Él se inclinó en su montura para contestar a Mary.

—Llevan el tartán de los malditos MacNab —contestó Gael.

Para su desgracia, la breve conversación atrajo la atención del grupo y de su líder, que cabalgaba por su flanco seguido del noruego.

—¿Qué tienes aquí, noruego? —preguntó la potente voz del jefe MacNab, dirigiéndose a ella.

Mary hizo girar su montura y lo enfrentó con la barbilla en alto, pese a sentir la lluvia cayendo sobre su rostro. No se amilanó ante la enorme envergadura del guerrero que tenía enfrente.

Neill MacNab se encontró con los ojos verdes más hermosos que había visto nunca mientras recorría, sorprendido, el rostro de la muchacha. Su caballo debió de notar la tensión porque se revolvió a un lado y a otro.

Mary observó ante ella los profundos ojos azules del jefe y su cabello rubio, empapado, en torno al *plaid* marrón y verde. El noruego se adelantó y se situó entre ambos, mientras sus hombres se colocaban en posición defensiva en torno a la muchacha.

—No la escondo, MacNab. Es lady Mary Canmore, princesa de Escocia, la hija de Malcolm.

Neill pareció dudar un momento ante su presentación de la preciosa muchacha que tenía delante.

—¿Es hija del rey? —Sacudió la cabeza, aún confundido, mirando a la joven con los ojos entrecerrados.

—Ya te lo he dicho. Ahora mantente alejado de ella —advirtió Robert con dureza.

Por el contrario, Neill MacNab lo ignoró, desmontó y avanzó hasta ella. El enorme guerrero clavó una rodilla en el suelo y agachó la cabeza en señal de reconocimiento.

Mary lo miró horrorizada, viendo a aquel enorme guerrero a sus pies, sumergido en el barro y en actitud de total respeto por ella. ¿Qué demonios hacía ese hombre? Con el mismo gesto, los hombres que lo acompañaban desmontaron de sus caballos y lo imitaron. Los contempló turbada, con el sonrojo tiñendo sus mejillas y dirigió su mirada a Robert buscando ayuda. El noruego alzó una ceja y encogió los hombros, sacándola de quicio. Estaba claro que no iba a decirle qué debía hacer. A veces esos ojos grises la confundían y creía ver tras ellos al hombre que ella deseaba que fuera y no el frío soldado indiferente. Tal vez había llegado el momento de aceptar quién era, de aprovechar el regalo de poder que le había otorgado su padre.

—Por favor, MacNab, levantaos —dijo Mary en voz alta, aunque algo insegura.

Los hombres le obedecieron al unísono y se dio cuenta de que aquella había sido su primera orden dada a alguien.

—Lady Mary, permitidnos que, por esta noche, os demos refugio de la lluvia en nuestro hogar —ofreció con cortesía Neill.

—No es necesario, MacNab —les interrumpió el noruego.

Una cosa era mostrar cortesía y otra muy distinta llevar a Mary al castillo de alguien. ¿Y si Neill pretendía traicionarlos o vender a Mary al mejor postor? Con ese gesto del escocés, Robert era cada vez más consciente del valor de Mary, la hija mayor del rey, ahora que él pretendía reconocerla.

—Pero sí es necesario, Robert —sugirió ella sonriendo—. Está lloviendo y me gustaría cenar sentada a una mesa y dormir en una cama.

Mary lo miró divertida. El noruego había gruñido. «¡Ja!», sonrió para sí misma. Resultaba que no era tan malo tener poder para decidir lo que deseaba y que tuvieran que obedecerle. Ahora, ¿qué haría Robert? ¿Enfrentarse a los MacNab por su negativa? No podía declinar la hospitalidad de un clan amigo. Se sintió exultante cuando él se secó la lluvia del rostro con un gesto de rabia.

—¡Adelante, MacNab, guíanos! —rugió molesto.

Neill era una agradable compañía para Mary, y a medida que él la agasajaba con su conversación y sus halagos, Robert perdía la paciencia y aún no habían atravesado los muros de su castillo. No sabía a ciencia cierta qué lo llevaba a desear con tanto fervor que Neill MacNab se cayera del caballo y se rompiera la crisma.

Comenzaba a anochecer cuando bajo la lluvia llegaron a las puertas del castillo en el corazón de Escocia. Comparado con Both, el hogar del clan MacNab era una construcción pequeña y tosca, con una muralla exterior que albergaba algunas chozas de tejados recubiertos de paja y unos establos. La mayoría de las cabañas de piedra se encontraba fuera de los muros, en una amplia explanada salpicada de robles y huertas. A esas horas, las maderas de las ventanas dejaban escapar rayos de luz de su interior. Era tarde y los aldeanos ya se encontraban en sus caldeados refugios, resguardados de la lluvia.

Atravesaron el patio desierto y unos cuantos mozos salieron de la amplia torre para atender a los caballos. Una mujer menuda, oculta por una capucha, los esperaba en la entrada. A medida que se acercaban, su rostro pasó del alivio, al reconocer a Neill, a la duda, al verlo rodeado de extraños. La muchacha la miraba curiosa y después con sorpresa, al ver al jefe

MacNab abandonar su caballo para ayudarla a desmontar. Mary sintió las fuertes manos de Neill sobre su cintura, sosteniendo su peso sin esfuerzo alguno. Intentó erguirse cuando la dejó en el suelo, pero todo el día a lomos de la yegua hacía que le temblaran todos los músculos de las piernas. Se apoyó un momento más en él, mirándolo a los ojos con una sonrisa.

—Suéltala ya, Neill —ordenó Robert. La cogió del brazo con fuerza y la apartó de él.

—Noruego, la calma no es tu mejor virtud —exclamó Neill—. Incluso parece que estás celoso —insinuó sorprendido.

Robert no pudo contestarle porque el joven se dio la vuelta y se dirigió a la mujer que esperaba junto a la puerta de entrada. La envolvió en un abrazo cargado de cariño y la besó en la cabeza.

—Estaba preocupada, hermano, es muy tarde. ¿Quién te acompaña? —dijo la joven descubriendo, al quitarse la capucha, su rostro ovalado de grandes ojos negros.

La muchacha debía de ser consciente de lo poco que se parecía a Neill, pues sonrió al ver la sorpresa de sus invitados al saber que eran hermanos.

—Este es el *mormaer* Robert de Athall y esta jovencita, no vas a creerlo, Lissie, es lady Mary, la hija mayor del rey Malcolm —pronunció Neill con solemnidad—. Lady Mary, esta es mi preciosa hermana, Lissie MacNab.

La joven, de la misma edad que Mary, hizo una graciosa reverencia y la miró perpleja.

—Mi señora —la saludó Lissie con cierta expectación.

—Llámame Mary, por favor.

El rostro de la chica se iluminó y le pidió que también la llamara por su nombre. Los hizo pasar rápidamente, alejándolos de la horrible noche.

En cuanto atravesaron el umbral de las puertas, una ola de calor sacudió sus cuerpos y Mary gimió de puro placer. Lissie llamó a una mujer, bajita y de caderas anchas, que los observaba desde su entrada en el gran salón.

—Mildred, preparad unas habitaciones para nuestros invitados y subid agua para que puedan asearse. Coged algunos vestidos míos para dejarle a la princesa, creo que le irán bien. Cenaremos cuando estéis de vuelta en el salón —añadió dirigiéndose a Mary.

—Gracias, Lissie —susurró esta agradecida, sin reparar en que todos los sirvientes levantaron la cabeza al oír llamarla princesa.

Mildred, alarmada, dio instrucciones a unos criados, que corrieron a cumplir las órdenes de Lissie MacNab, e indicó a Robert y a Mary que los siguieran. Atravesaron el salón, empapando a su paso los juncos del suelo. Al pasar junto a la enorme chimenea, el calor hizo que las mejillas de Mary ardieran y deseó sentarse unos minutos en las cómodas sillas llenas de cojines bordados y disfrutar del fuego. Robert, al verla dudar, la cogió del brazo y la llevó hasta las estrechas escaleras que daban acceso a las habitaciones de la torre. El noruego no se había dado cuenta de lo cansada que estaba la muchacha y dejó que se apoyara en su brazo para ascender un tramo de escaleras hasta llegar a un angosto pasillo. Mildred les indicó cuáles eran sus habitaciones, una frente a la otra. Lo que se temía Robert: esa noche tampoco podrían dormir juntos, aun teniéndola tan cerca.

—Mildred, nos acompaña una anciana. ¿Podrías encontrarle un buen sitio para dormir? Es mayor y agradecerá el calor de un lecho.

—Por supuesto, señora —respondió la mujer con una sonrisa—. Ahora pasad y poneos cómoda, os traeremos ropa y agua. En cuanto baje os enviaré una criada para que os ayude.

—Te lo agradezco, Mildred, pero no es necesario, puedo apañarme sola.

La mujer abrió sus ojos azules con sorpresa y Mary pensó que quizás no estaba acostumbrada a tanta cortesía por parte de alguien. Robert esperó a que Mildred desapareciera y se acercó a Mary antes de que ella entrara en la habitación. La detuvo entre la fría pared de piedra y sus brazos.

Mary contuvo el aliento. La luz que desprendían las antorchas del angosto pasillo acentuaba la sombra de su barba y sus ojos grises brillaban más que nunca.

—Mary —le susurró al oído—, no bajes al

salón hasta que yo te acompañe. No salgas sola de la habitación.

—¿Estamos en peligro, Robert? Los MacNab parecen buena gente.

—Hazme caso, princesa —le dijo con la mirada puesta en sus ojos color esmeralda.

La piel de Mary parecía dorada bajo la luz. Robert acarició el esbelto cuello y sus ojos se clavaron en los labios de la escocesa. Sintió las manos de Mary apoyarse sobre el cuero de su *cotum* y ascender hasta tocar su cabello. Estaba perdiendo la cabeza por ella, por la hija de su amigo, a quien debía proteger y defender. La respiración de ella se volvió rápida y supo que deseaba tanto como él que la besara. Agachó la cabeza y estuvo perdido cuando la rozó con sus labios. La acercó a su cuerpo con un solo movimiento y la empujó contra la pared para sentir sus caderas, su pecho agitándose ante la expectación. La invadió por completo, con la lengua arrasó su boca mientras sus manos se perdían en la plenitud de su pecho. Necesitaba sentir a Mary, sus cuerpos deslizándose juntos, uno contra el otro, piel con piel, hasta derramarse en ella.

—Ven conmigo, Robert —gimió Mary invitándolo a entrar en sus aposentos con la visión nublada de deseo, recordando cada línea del firme cuerpo del noruego.

Robert abrió los ojos como el que despierta de un sueño profundo y retrocedió soltando a Mary. Si no la enviaba a su cuarto, iba a poseerla allí mismo, en el pasillo.

—No puedo, Mary, no vuelvas a pedírmelo —afirmó con cierto rencor, como si ella fuera la culpable de aquella situación.

—No lo haré, Robert —susurró ofendida. Recompuso su vestido e intentó colocar su cabello.

Él la detuvo en el último instante y la esperanza renació en Mary.

—Hazme caso, Mary. No salgas sola, por favor.

La escocesa se dio la vuelta, ofendida por su rechazo. Robert esperó a que la puerta se cerrara ante él y dio un puñetazo contra el muro de piedra. Maldito Malcolm, aquel viaje no era lo que esperaba. Días antes tan solo deseaba volver a su hogar y ahora solo deseaba estar allí, con ella.

Mary cumplió esa vez sus órdenes y envió a buscarle en cuanto estuvo lista. El noruego ya la esperaba en el pasillo cuando ella salió. Robert sofocó un gemido. Hermosa era poco para calificar a aquella mujer. Había oído de la locura del rey cuando vio a la madre de Mary, que sin duda era la misma que a él lo poseía en esos momentos.

La hermana de MacNab le había prestado un vestido verde musgo que caía con gracia sobre sus hombros, en un profundo escote cuadrado. Enmarcaba sus caderas un cinturón ancho del color del oro que Mary había dejado caer hacia un lado. Mildred la había peinado con una trenza que dejaba su esbelto cuello al descubierto. Quizá Mary esperaba un halago o incluso indiferencia en el noruego, pero que pasara de mirarla con la boca abierta a hacerlo con el ceño fruncido, desde luego que no.

—¿Quieres que me vea obligado a matar a MacNab? —gruñó Robert—. ¿Sabes lo que dicen de él?

—¿Por qué estamos hablando de Neill? —preguntó Mary fastidiada. Ella estaba más atenta al contraste del blanco de la camisa contra el cuello moreno de Robert. Se había afeitado y Mary seguía con interés la línea que dibujaba su rasgada mandíbula hasta la cicatriz que se perdía en la blanca tela. Había atisbado sus musculosas piernas marcadas bajo sus pantalones, pero se negaba a volver de nuevo su mirada hacia abajo y admirar lo ceñido que le quedaba. Intentó concentrarse en el gris de sus ojos—. Dime, Robert, ¿qué dicen de él? —respondió con curiosidad fingida, como si aquella conversación fuera fruto de un jugoso cotilleo.

—Que se ha llevado a la cama a la mitad de las jóvenes escocesas con ese rostro y esa palabrería suya.

—Entiendo. No te tenía por un caballero pendiente de chismorreos de viejas. ¿Con qué crees que me intentará seducir? ¿Con su riqueza, con su apellido o con su hermoso rostro? —Rio Mary. Disfrutaba tanto al verlo furioso... Quería que pagara por haberla rechazado.

—Me sacas de quicio, princesa, tengo el

deber de cuidar de ti —gruñó a la par que la agarraba del brazo para ayudarla a bajar los altos peldaños de la escalera—. No te separes de mí, es una orden.

—Nunca me separo de ti, Robert —contestó con sarcasmo—. Eres tú el único y verdadero peligro que me acecha. Me besas para luego recordar tu deber de protegerme. Sé cuidarme sola, lo he hecho durante todos estos años. Además, ¿qué quieres de mí? Estoy prometida a un hombre que no conozco, he dejado atrás al único que he amado. ¿Por qué me besas y haces que me sienta deseada y especial para luego separarte de mí?

Robert se paró furioso al escuchar sus palabras. Otra vez amor y William en la misma frase. Lo mataría una y mil veces más para arrancarlo del corazón de Mary. La cogió del brazo con furia, los celos le cegaban.

—¿Crees que no me torturo al perseguirte? Me atraes hacia la traición y el deshonor, Mary, y aun así no puedo evitarlo —exclamó Robert haciendo que Mary lo mirara sorprendida—. Intento alejarme de tu lado, ¡pero no puedo, mujer! —Se giró para no enfrentarse a su mirada con las mandíbulas apretadas, todo su cuerpo tenso y a la vez contenido.

Mary se quedó turbada, presintiendo que Robert le había abierto un pequeño resquicio hacia sus pensamientos. Él se detuvo y descendió primero, sin separar su brazo de la mano de Mary. Se miraron un momento antes de entrar en el salón, los ojos verdes de ella, y los grises de él, sin ser capaces de hablar.

El bullicio del salón los despertó de esa mirada cargada de deseo y anhelo. Robert se apartó y la ayudó a descender el último escalón como si fuera a entregarla a los lobos.

Para Mary, que nunca había contado para nadie y pasaba inadvertida en Both, las atenciones de Neill la sobrepasaban. Acudió ante ella en cuanto la vio, esbozando una gran sonrisa.

—Lady Mary, sois tan hermosa que llenáis mi salón de una luz celestial —dijo Neill MacNab con una breve reverencia.

—Gracias, milord —susurró Mary avergonzada por sus cumplidos.

—Llamadme Neill, por favor.

—Gracias, Neill —repitió, sintiendo el calor subir al rostro mientras él la miraba con atención de los pies a la cabeza.

—Si no fuerais la hija del rey, os raptaría ahora mismo —afirmó él, sin asomo de una sonrisa en sus labios.

Mary vio al noruego cruzar los brazos y levantar su ceja derecha. No presagiaba nada bueno.

—Creo que Robert tendría que mataros si lo hicieras, Neill —respondió muy seria, dejando que él decidiera si era una broma o no.

El jefe MacNab, sorprendido, la invitó a acompañarlo y Mary lo miró de reojo. Ciertamente Neill era muy bien parecido y él lo sabía, con sus modales arrogantes y su confianza al caminar. Suspiró fastidiada. Pero no era tan guapo como el noruego. Robert desprendía autoridad y masculinidad por cada poro de su cuerpo, en cada gesto y rasgo de su rostro. Cuando le miraba, anhelaba tocarlo, acariciar cada músculo y hundir las manos en su cabello negro mientras él la besaba una y otra vez.

—¡Mary! —la llamó Lissie al ver que no le prestaba atención. La sonrisa del noruego la sacó de sus pensamientos, la había pillado absorta mirándolo y los ojos de él brillaban. Era un zoquete presuntuoso, igual que Neill.

La hicieron sentarse a la derecha del jefe, junto a Lissie, mientras apartaban a Robert hacia la izquierda, lo más lejos posible de ella sin parecer que le ofendían. El noruego lo agradeció. A veces le parecía que pasaba demasiado tiempo ensimismado con los ojos verdes de la muchacha, atento a cada gesto y cada cosa que hacía.

La mesa, dispuesta en paralelo, se llenó de comida. Aves y carne de ciervo regadas con abundante cerveza, mientras el ánimo de Neill decaía. Lejos de llamar la atención de la bella mujer que se sentaba a su lado, percibía la complicidad de Mary y el noruego ante cualquier comentario o broma de sus hombres. No estaba acostumbrado a ser el segundo plato de ninguna comida.

—Robert, nos llegaron noticias de la conquista y destrucción de Both —dijo Neill, harto de las miradas de deseo de los dos—. Nunca pensé que los Dougall fueran unos traidores. Dicen que masacraste, según tu costumbre, a todo el clan.

Mary soltó el cuchillo de golpe y su cuerpo se tensó. En un momento las imágenes de aquella noche acudieron a su mente. Lady Aileen golpeándola, Rose, ahora muerta, Meg huyendo, los soldados Dougall... Todos a quienes conocía y con quien se crio, casi todos estaban muertos. El dolor de su espalda al erguirse le produjo una punzada dolorosa que no tenía nada que ver con sus heridas.

—Perdonadme, lady Mary. ¿Os encontráis bien? —preguntó Neill—. Era vuestro hogar, ¿verdad? ¿Es cierto que Robert os liberó de ellos?

Mary levantó los ojos vidriosos hacia el noruego y encontró la dureza reflejada en sus ojos grises. Si hubiera atisbado en ellos la menor duda o compasión por ella, se habría derrumbado allí mismo rompiendo a llorar. Tomó aliento y miró a Neill con una sonrisa, consciente del silencio en la sala, esperando su respuesta. Pero, ¿eran celos aquello que se paseaba por la miraba de MacNab?

—El rey les confió mi protección y mi madre era una Dougall. Sí, era mi hogar. Estoy segura de que mi padre nunca hubiera permitido que Robert perdonara la vida de ninguno de ellos; sin embargo, como el gran guerrero que es, se apiadó de las mujeres y los niños, también de los guerreros fieles a Escocia. —Un murmullo entre los hombres acompañó a su declaración. Sabía que no le creían, la fama de Robert era horrible—. Estoy muy cansada. Si me lo permitís, me gustaría retirarme.

Neill se levantó y le ofreció su brazo para acompañarla. Al acercarse, le rozó levemente el pecho.

—Perdona a este pobre estúpido, Mary, no debí sacar el tema —susurró en su oído para después esbozar una breve sonrisa.

Mary vio cómo Robert llevaba una mano a la empuñadura de su daga. Estaba a punto de degollar a MacNab.

—Neill, sois un hombre muy atractivo, pero mi corazón ya está ocupado por un zoquete idiota —le susurró Mary al oído para que nadie pudiera escucharlos.

Vio cómo los ojos de Neill daban por zanjado el tema y la miró con pena. Debía de estar loca para enamorarse de Robert de Athall. Nunca había conocido a una mujer tan sincera que se negara al juego del coqueteo. Tal vez pasaba demasiado tiempo entre las mujeres de la corte y sus devaneos.

—Entonces, os ofrezco mi amistad hasta que me reconsideréis; y mi más sincero consuelo, porque Robert es el hombre más antipático y obstinado que he conocido.

Mary rio llamando la atención del noruego, a punto de saltar sobre Neill.

—Pero le confiarías, en combate, vuestra

vida y la de vuestros hombres, ¿verdad? —preguntó ella.

—Sin dudarlo, princesa —afirmó MacNab con el rostro serio. Pareció pensar en sus palabras y acabó sonriendo—. Supongo que algo bueno veréis en él, pero me dejareis pincharlo un poco, ¿no es cierto?

—¡Hazlo por mí, Neill! —dijo Mary con un guiño antes de que Robert se acercara—. No os preocupéis, MacNab, Duncan me acompañará arriba.

El guerrero se sorprendió al oír su nombre. Dio un salto, apartó la silla y se acercó, aún masticando la comida, para ofrecerle su brazo.

MacNab se sentó y con un suspiro la vio alejarse del brazo de Duncan. Nunca había perdido una batalla por una mujer, y aquella le gustaba y mucho. Bueno, podía consolarse sacando de quicio al noruego, la noche no había hecho más que empezar.

—Lissie, hermana, haz que traigan mucha más cerveza para nuestros invitados —gritó Neill mirando al noruego con una sonrisa, y la promesa de acabar la noche con una buena pelea.

Mary despertó sobresaltada al escuchar pasos por el pasillo y una conversación entre dos hombres. El resplandor del fuego iluminaba la habitación y se levantó sin hacer ruido. La algarabía de horas antes en el salón había cesado y debía de hacer horas que Lissie había pasado por su habitación antes de acostarse.

Se preguntó si sería Duncan quien aún seguía apostado en su puerta. Atravesó la pequeña estancia en la que apenas cabían unos pocos muebles y escuchó tras la madera. Nada. Abrió con cuidado, mientras los goznes sonaban en mitad del silencio de la noche, una corriente de aire frío sacudió la tela de su camisola, y se asomó.

Robert dio un salto sobresaltado, arrojó el *plaid* con que se cubría y se levantó del suelo donde pretendía dormir, vigilando la puerta. Mary esperó que la regañara por haber salido de su habitación a curiosear, pero lo vio esbozar una mueca de dolor y tocar su pierna, donde la herida aun curaba.

—Robert, ¿qué haces aquí? —susurró. El noruego se tambaleó. Mary miró su pelo revuelto y sus ojos vidriosos y el olor a cerveza le hizo fruncir el ceño.

—Te protejo, Mary. ¿Crees que dejaría que MacNab te tocara un solo pelo? —dijo con voz pastosa.

—De poco me sirves borracho. Noruego, creí que nunca bebías —le increpó con los brazos en jarras. Miró el *plaid* que se le había caído y suspiró. La verdad era que le agradaba ver cómo se preocupaba por ella—. Ven dentro, Robert, al menos dormirás caliente y podré cambiar las vendas de tu herida.

El noruego se rio cuando ella intentó empujarle dentro de la habitación y avanzó por su propio pie hasta la cama, donde cayó de espaldas, con las piernas fuera del lecho y los pies en el suelo. Mary, por primera vez, lo vio sonreír sin contenerse, despreocupado. Parecía muy joven, sin la sombra de su habitual barba y con el cabello alborotado. Mary cogió un mechón entre sus dedos y se lo apartó de los ojos. Siguió con los dedos la línea de su rostro pero él ni lo notó, estaba profundamente dormido. Sabía que aquello no estaba bien, un hombre en su habitación y no un hombre cualquiera. Lo tenía a él. Una cosa eran sus escarceos a campo abierto, pero en el castillo despertaría habladurías desagradables sobre su inocencia. Mary se rio para sí misma. Allí rendido ante ella estaba el magnífico guerrero, mano derecha de su padre. El hombre del que se sentía ya enamorada.

—¿Por qué has bebido tanto, Robert? —se preguntó a sí misma en voz alta mientras le observaba dormir con la respiración agitada.

A través de la camisa abierta, el pecho del noruego subía y bajaba, ese cuerpo que tan bien había llegado a conocer mientras lo curaba de su herida. En su rostro se veía un golpe en la ceja y se preguntó si se habría peleado con Neill. Decidida, se sentó a horcajadas sobre él para quitarle la ropa. Tiraba con fuerza, pero él pesaba demasiado. Tras un segundo tirón consiguió sacarle la camisa y ver el vendaje de la herida que, por fortuna, no sangraba. Sintió las manos de Robert sobre su cintura, calientes y ejerciendo fuerza en sus caderas hacia abajo. Mary lo miró asustada. Estaba despierto, sus ojos grises la observaban a la luz del débil resplandor del fuego.

—Princesa, esto se está convirtiendo en una costumbre, cada vez que despierto estás sobre mí.

—Intentaba quitarte la ropa para ver tu herida —replicó Mary, e intentó zafarse de sus manos y huir de él.

—No es la herida lo que me provoca dolor, princesa —contestó Robert arrancando los restos del vendaje. La elevó sin apenas esforzarse y la colocó sobre él, más arriba, para que notara a qué se refería—. Estoy enfermo por tu culpa. Me haces dar las gracias a mis hombres por cualquier cosa. Me haces golpear a un hombre por solo mirarte. Me haces desearte con toda mi alma. ¿No ves que estás acabando conmigo?

—Estás borracho, Robert, no sabes lo que dices...

La fina tela del camisón no servía de barrera para sentir lo excitado que estaba el noruego. Robert se movió hacia arriba para que notara su firme erección rozando el valle entre sus piernas. Mary sintió cómo el deseo hacía latir su corazón más deprisa mientras él subía las manos de la cintura hacia arriba, hasta agarrar sus pechos y abarcarlos con la palma de su mano.

—Calla, Mary White.

Robert creyó morir de deseo al sentir la

plenitud de su pecho. La ropa de ella no le impedía sentir cómo Mary se excitaba al recorrer sus pechos, cómo se deshacían en sus manos y endurecían.

—Robert, no. Tu herida... —dijo intentando apartarse, intentando encontrar una excusa para no seguir con aquella locura.

Él sonrió y la soltó para sentarse con ella, aun encima. Agarró su rostro entre las manos y cayó sobre su boca. La hizo abrir los labios, recibir su lengua, perderse en su sabor. Notó cómo poco a poco Mary perdía la razón y dejaba de resistirse al deseo entre ambos. Sentía arder el sexo de ella y ansiar algo que desconocía.

Mary se frotó contra él recordando el lago, donde por primera vez había sentido su piel contra la del noruego. Le dejó que siguiera acariciándola hasta detenerse en su pecho, los coronó con su mano y recorrió su cuerpo con los labios.

Robert le quitó la ropa de un tirón y, por un momento, se separó de ella cayendo otra vez en la cama. Observó su cuerpo a horcajadas sobre él, abrió los ojos con sorpresa y la admiró por completo, con la satisfacción de un hombre hambriento. Ella enrojeció y dudó avergonzada, expuesta ante sus ojos.

—Eres tan hermosa, Mary... —susurró, tomándose el tiempo en admirar cada curva de su figura.

Comenzó a recorrer con sus dedos el cuello, bajó por el vientre liso hasta detenerse en su sexo. Sin dejar de mirarla con sus ojos grises introdujo sus dedos en el hueco húmedo de su interior. No podía apartar su vista de los ojos de Mary, no quería perderse una sola de sus expresiones de placer mientras la preparaba para él. Dibujó círculos con la palma de la mano, ejerciendo una suave presión, con reverencia. Mary era algo delicado y precioso y deseaba hacerla disfrutar.

La escocesa sintió cómo el hilo de cordura, que aún conservaba, se deshacía en forma de un ansia cegadora. En vez de encogerse y ocultarse, se encorvó hacia atrás, llamándole con todo su cuerpo. Sus pechos expuestos a él, su vértice tentándolo, deseando que la tocara aún más profundo.

Robert se hundió en sus ojos verdes llenos de deseo y, por un momento, pensó que aún dormía y no era más que un sueño demasiado real. La tensión de los últimos días, el deseo no satisfecho y el dolor que mortificaba su verga no le dejaron resquicio de duda. Mary era real y necesitaba hacerla suya por completo. La agarró de los hombros y la hizo caer de espaldas en la cama, con su cuerpo bajo el suyo. Se deshizo de los pantalones y los tiró al suelo. Colocó las rodillas a ambos lados de sus estrechas caderas y tomó con su boca los pechos de Mary. El manjar de su dureza y la redondez llenaron su boca, la lujuria lo envolvió, los calibró, los besó y aplastó contra su mano. El gemido de placer de Mary lo volvió loco y atrevido.

Mary sintió sus manos rugosas por toda la piel. Contuvo un gemido cuando él la rozó con la dura columna en que se había convertido su erección. Abrió las piernas buscando el regalo que él le prometía, anticipando el placer que supondría tenerlo dentro de ella. Se aferró a los hombros del noruego, a los nudos de sus músculos, mientras él conducía su miembro hacia ella.

Robert se detuvo. La joven estaba húmeda y caliente, preparada para él y buscó su mirada para conseguir su aprobación.

—No podemos, Robert —gimió Mary, presa del deseo.

—Lo siento, princesa —acertó a decir cuando ella se adelantó con las caderas en su búsqueda.

Robert se sintió presa de un pensamiento oscuro que le nubló la mente. William, ese muchacho imberbe había disfrutado de su cuerpo antes que él, entonces ¿por qué él mismo se lo negaba una y otra vez? El honor y la lealtad para con el rey ya no contaban en este momento. Eran solo Mary y él.

La penetró con cuidado y suavidad, sintió cómo ella lo recibía y no pudo más. Intentó ser suave y paciente, pero la embistió como un animal enjaulado para hacer desaparecer la furia del deseo que lo consumía desde que la había visto en Both.

Mary sintió un breve dolor al romperse la fina membrana de su virginidad, pero el palpitar de su cuerpo no le dio tregua, Robert entró una y otra vez en ella hasta volver a sentir placer.

—Mary, tranquila, déjate llevar. Solo mírame y siente —susurró el noruego en su oído con ternura. Sus músculos se contrajeron en torno a él, respondiendo a sus besos y sus movimientos. Arqueó la columna hacia arriba y sintió el cielo, cada poro de su cuerpo con vida, sintiendo, sensible. Una oleada la inundó y le quebró el cuerpo.

—Mary, eres mía. Ahora sí, princesa —gimió Robert.

Ella suspiró. El noruego le había arrebatado mucho más que su inocencia. Había perdido su corazón para siempre.

Robert no podía respirar. Había sido... No sabía qué había sido, qué le había hecho esa mujer de pelo negro. ¿Era una bruja? Salió de su interior con miedo porque su cuerpo le pedía que la abrazara, que no la dejara marchar. Lo hizo con una delicadeza que no le pertenecía. Ni por un momento la había creído virgen, había supuesto que ella y el Dougall eran amantes desde hacía años.

Mary se dio la vuelta tratando de huir de su lado, con el rostro rojo. La detuvo y ella se quedó rígida, de espaldas a él, cubriéndose con los brazos. Robert la sujetó y pasó su mano entre los muslos de ella sin poder creerlo aún. Su mano se humedeció con los restos líquidos de su acto y las pequeñas gotas de sangre. Mary aún seguía fría y tensa entre sus brazos. Robert se levantó en silencio y, con un paño que había junto al agua, la limpió con delicadeza. Le hizo abrir las piernas y lo pasó por todo el vértice que formaba su femineidad.

Mary ni lo miró. Sentía su rostro arder de vergüenza y culpa. Se sentía atrapada por los sentimientos que tenía hacia él y lo rápido que su corazón había olvidado a Will entre los brazos del noruego. Le había entregado a Robert lo único que poseía en el mundo, sin oponer resistencia, con sumo placer le había dado hasta el último rincón de su alma, y todo sin una sola promesa de amor. Solo deseo y lascivia.

Cuando él acabó de limpiarla, se recostó tumbado contra su espalda y ella se enderezó fría y rígida. Los dedos de Robert recorrieron las cicatrices de su espalda, las más recientes y las que, como capas, se amontonaban unas sobre otras por cada año de vida en Both. Ella quiso apartarse, debían de ser feas y repulsivas, pero él la retuvo y siguió acariciándolas una a una.

—No sé cómo pedir perdón —gruñó Robert en su oído. Ahora no quería, no podía mirarla y ver el dolor que albergaban sus ojos. Había intentado hacerle razonar, pero se hallaba tan preso del deseo como ella—. No sé cómo compensarte por destruir tu hogar, por separarte de él y ahora... esto —confesó sin soltarla—. Nunca he pedido disculpas porque nunca me he arrepentido de nada, como ahora. No soy mejor que los que te hicieron esto, Mary.

Mary sintió el corazón palpitar deprisa. Todos se equivocaban con Robert. Poseía un alma pura bajo aquella superficie cortante y seria. Estaba hecho como ella, de dolor y soledad, endurecido por la vida

—No me arrepiento de haberme entregado a ti, noruego. No puedo fingir que a veces me aterra pensar que tus manos están manchadas de sangre de los Dougall, pero sé que era necesario. Tan solo me duele que después de esto pienses en entregarme a otro hombre.

Robert se separó de ella y el corazón, si eso era posible, se encogió dentro de su pecho.

—Malcolm me matará por esto —dijo Robert dándole la espalda a Mary.

Sentado sobre el borde de la cama, mesó su cabello con ambas manos y resopló con desesperación. Malcolm era su amigo, le había confiado la protección de su hija y él la había deshonrado. Sintió la vergüenza correr por sus venas, estaba perdiendo la cordura y ahora que estaba sobrio sabía que él mismo lo había buscado, cada paso dado desde que la conoció lo conducía a ella y a este momento.

—Nos matará a ambos, y si él no lo hace, mi futuro esposo lo hará con toda seguridad —exclamó Mary, enfadada al escucharlo decir que se arrepentía de lo que acababa de pasar entre ellos—. Así que Robert, si aún piensas llevarme ante el rey, ninguno de los dos diremos nada.

—¿Acaso has provocado esto para librarte de un marido, princesa?

—No me creerás capaz, ¿verdad? —gritó Mary, cada vez más enfadada—. Acabo de pedirte que no digas nada, será nuestro secreto.

Robert se giró y la miró con la duda pintada en sus ojos grises.

—¿Y qué quieres, Mary? ¿Quieres que falte a mi honor? ¿Que calle como un cobarde? Malcolm me liberó de los ingleses y me acogió siendo un niño. ¿Quieres que mienta?

—Sí —afirmó Mary—. Yo soy tan culpable como tú. No lo he hecho para librarme de un matrimonio, sino porque siento algo por ti, Robert —acabó confesando sin mirarlo, viendo su espalda desnuda.

Los hombros del noruego se tensaron como única respuesta. Esperó a que respondiera, que dijera al menos que le tenía cariño. No amor, pero algo, ¡por todos los santos!

Robert se levantó, recuperó sus pantalones del suelo y se los puso, sabiendo que ella lo observaba y esperaba.

—Di algo, Robert —susurró Mary.

Entonces él se enfrentó a su mirada suplicante. Sus ojos grises, antes mortificados, se tiñeron de resolución. Estaba tan hermosa desnuda bajo las mantas, con los hombros descubiertos a la luz del fuego y su pelo negro brillando suelto a su alrededor...

—No somos tú y yo, Mary. La alianza hará crecer Escocia. Además te engañaría si te dijera que siento algo por ti. No hay más que hablar, será el rey quien decida. —Cuando ya se marchaba se giró vacilante—. Haré que Duncan vigile tu puerta hasta el amanecer. Y no, Mary, no diré nada al rey, por el bien de Escocia.

Mary lo miró incrédula levantar el postigo de madera que mantenía la puerta cerrada, y lo vio salir. Perpleja, miró esa puerta hasta que las lágrimas inundaron sus ojos y lloró con rabia.

Capítulo 15

La voz de Lissie la llamaba entre sueños. A duras penas, Mary se incorporó cuando la vio atravesar el umbral de la puerta. La luz del amanecer ya comenzaba a filtrarse por toda la habitación, y abajo, en el patio, se oían las primeras voces que indicaban que el castillo despertaba.

Mientras Lissie le decía algo, ella solo podía mirar la puerta por la que horas antes había desaparecido Robert. ¿Cuándo abriría los ojos al mundo? Su confesión de amor no había ablandado el corazón del noruego. La verdad se abrió paso en su mente; Robert se dejó llevar al pensar que no era virgen, que no perdía nada en una noche de pasión. Al final había claudicado, ambos negarían lo que había ocurrido. Él no la consideraba una dama, ni siquiera la habían criado como tal y nada le exigía cumplir con su honra. Además, ¿qué pensaría su padre de una hija que, tras conocer al hombre que acababa de destruir su hogar, le entregaba su corazón y su cuerpo? Se avergonzaría, sin duda.

—Mary, ¿te encuentras bien? —volvió a preguntar Lissie al sentarse en la cama, a su lado, como si fueran dos viejas amigas.

Le sonrió con afecto ante su gesto.

—Sí, Lissie, es solo que no he dormido muy bien.

—Yo tampoco —confesó sonriendo—. Entre la emoción de teneros aquí y curar las heridas de mi hermano...

—¿Qué heridas, Lissie? —En ese momento recordó el ojo hinchado de Robert.

—A veces mi hermano se comporta como un idiota. Le dijo al noruego que si no tenía interés en ti, él te reclamaba.

Mary se levantó de un salto para mirarla de frente, mientras su corazón le golpeaba con fuerza en el pecho.

—¿Y qué dijo el noruego? —preguntó esperanzada.

—Por lo que me ha contado, no dijo nada. Se levantó y le asestó un puñetazo a mi hermano que le partió el labio. Se enzarzaron en una pelea y Duncan tuvo que bajar a separarlos.

—Lo siento, Lissie, os he traído muchos problemas. Nunca le di a entender a Neill que estaba interesada en él.

—No fue tu interés, más bien es tu desinterés lo que le atrae de ti —sonrió Lissie.

Lo normal era que todas las mujeres cayeran

a sus pies, pensó antes de hacer a Mary la siguiente pregunta. No quería perder la amistad que comenzaba a crearse entre ellas.

—Estás enamorada del noruego, ¿verdad?

Mary dejó caer los brazos, que mantenía cruzados, y apretó los puños.

—Creo que sí, pero eso ahora da igual. Él no siente nada por mí.

—¿Se lo has preguntado, Mary? Anoche parecía celoso de cómo mi hermano se acercaba a ti.

—El noruego parece no tener sentimientos. Además, debe entregarme a otro hombre para casarme cuanto antes, por el bien de Escocia.

—Eso es horrible. ¿Por qué no hablas con tu padre y le dices que amas a otro hombre?

—Ni siquiera le conozco —confesó, retorciéndose las manos—, me mantuvo alejada de él. Soy bastarda, Lissie. Mi nombre es Mary White, no tengo clan ni familia.

—Neill también y no por ello deja de ser mi hermano. Mi padre no se casó con su madre. —Mary la miró atónita ante su revelación—. ¡Qué vergüenza, deberían haberte puesto el apellido de los Dougall! Si has nacido en su clan eres uno de ellos, al menos tu padre debió preocuparse por tu porvenir. ¿Y si te rebelas, Mary? ¿Y si le dices al rey que estás enamorada del noruego y obligas a Robert a casarse contigo?

Qué inocente era Lissie, pensó Mary.

—Nadie puede rebelarse ante el poder de un rey y hacer que un hombre te ame, por muy enamorada que estés de él. Mi corazón pertenece a Escocia.

Lissie la miró con la confianza de alguien que había tenido todo el amor y cariño de una familia, una infancia segura y feliz.

—Mary, ayer le vi celoso, creo que el noruego se engaña respecto a sus sentimientos por ti. ¿Por qué no luchas por él y por tu amor? Yo te ayudaré. Neill me envía a la corte con vosotros, él no puede dejar sin apenas soldados al clan y aprovecharé la protección del noruego para partir.

—¡Pero eso es maravilloso, Lissie! Creo que en la corte necesitaré una amiga.

Mary sonrió, esperanzada, de pronto no todo se hacía tan difícil. ¿Y si la muchacha tenía razón? ¿Robert podía amar? Tal vez los celos habían hecho que bebiera hasta perder el dominio de sus actos y dejarse vencer por el deseo, pero el hombre que había salido por esa puerta estaba sereno y cuerdo, y la había rechazado.

—Vamos, Mary, los hombres están preparados para partir y nos esperan, no quisiera que tu noruego y mi hermano se enzarzaran de nuevo en una pelea.

—No les hagamos enfadar. —Sonrió Mary con tristeza. Al levantarse, la muchacha se dio cuenta del extraño tono azul añil de su vestido—. Lissie, ¿de dónde has sacado ese vestido?

La joven la miró sin comprender. Mary parecía pensar en algo con aire ausente mientras tocaba la tela de su vestido.

—La tela me la vendió una muchacha judía, Beltane se llamaba. Pasó por aquí hace unos días con su padre, iban rumbo a la corte. ¿Por qué estás interesada en ella?

—Solo pensaba que es curioso que mi camino se cruce con el de esa muchacha otra vez. De algún modo mi vida comenzó a cambiar el día que la conocí... —dijo Mary mientras en su mente comenzaba a esbozar un plan.

Si Robert no la amaba, nada la ataba a la corte, no deseaba riquezas ni una vida cómoda, anhelaba amor, respeto y cariño. Toda su vida se había defendido sola y ahora sabía que podía lograr algo mejor para ella. Recordó aquella mañana en que el noruego la besó, la última de ese mundo que antes tenía y que le era conocido. No volvería a ser el peón de nadie, huiría y buscaría su propio destino, como el padre Donald siempre había querido para ella.

Bajó minutos después hasta el patio donde los soldados estaban preparados. Mary sentía temor ante la reacción de Robert por lo ocurrido entre ambos la noche anterior. Apretó los puños y se preparó. Debía asegurarse de que el noruego cumpliría su palabra de no contarle nada al rey. No supo cuál sería la reacción de Robert hasta que lo vio armado con su *cotum*, envuelto en su *plaid* de los Athall, sobre su caballo. El temible señor de la guerra había vuelto. No quedaba nada del hombre que la tuvo entre sus brazos y le hizo el amor con ternura y deseo.

Lissie se despidió de su hermano y Neill se acercó a ella mordiendo su labio partido y con una mirada pícara.

—¿Estás bien, Neill? —preguntó Mary, sin poder ocultar una sonrisa.

—No me importa pelear con el noruego, princesa. Si algún día me necesitas, envía a buscarme y partiré las lanzas que desees, Mary —dijo Neill besando su mano, mientras esbozaba una mueca de dolor a causa de su labio roto.

—Siempre os tendré en alta estima, Neill MacNab —susurró. Mary se alzó sobre sus talones y lo besó en la mejilla.

Robert apartó la mirada furioso. La próxima vez no le partiría el labio al MacNab, sino el cuello. Empezaba a parecer un hombre torturado por los celos y no le gustaba. Duncan le llevaba a Mary la yegua que tenía para ella. No deseaba montar con la escocesa y tenerla tan cerca. No le dejaba pensar, necesitaba alejarla de él. Robert pensaba que, tras hacerla suya, olvidaría esa tonta atracción, pero ahora era peor, anhelaba el tacto de su piel, la mirada de sus ojos, su cuerpo bajo el suyo moviéndose con pasión.

Mary necesitaba hablar con el noruego y, al ver a Duncan acercarse con una yegua, supo que él pretendía ignorarla haciéndola montar sola. Se armó de valor y rechazó las riendas de la montura que Duncan le ofrecía.

—No puedo cabalgar sola —dijo Mary en

voz alta, tan alta para que aquel tozudo noruego la escuchara. Apenas lo vio hacer un imperceptible movimiento y supo, aunque estaba de espaldas a ella, que había arqueado la ceja a modo de pregunta.

—El *mormaer* quiere que montes sola, Mary. Te doy mi palabra de que esta yegua es muy mansa, tanto como la que te trajo hasta aquí —la animó Duncan divertido. La miró con los ojos entornados, preguntándose qué tramaría ahora la muchacha.

—No se me da bien cabalgar —dijo Mary más alto que la vez anterior.

Duncan sonrió y miró la impasible espalda de su amigo. La muchacha tenía una expresión firme y los brazos cruzados con obstinación. No sabía qué había ocurrido entre Robert y ella, pero le divertía enormemente que alguien desafiara a su amigo, sobre todo esa muchacha tozuda.

—Perdonad, milady, entonces me haréis el favor de montar conmigo —dijo Duncan, guiñando un ojo a Mary.

—Será un placer, Duncan —asintió Mary con la barbilla en alto al comprender su juego.

Un gruñido gutural les avisó de que Robert había estado escuchándolo todo. Se giró sobre su montura y, sin detenerse, se acercó a ella, se inclinó y la agarró con fuerza de la cintura para elevarla del suelo y colocarla delante de él, sobre el caballo.

—Montará conmigo —volvió a gruñir el noruego. Espoleó su caballo y se situó al frente de la comitiva—. Sé que lo has hecho a propósito, princesa.

Mary sonrió con malicia, sabiendo que él no podía ver su rostro.

—También sé que ahora mismo estás sonriendo. —Robert sintió cómo Mary se hundía entre sus brazos con confianza y necesitó aclarar la situación entre ambos—. Las cosas no cambiarán, Mary, no puedo borrar lo que he hecho. El rey exigirá tu matrimonio con Mac-Beth, pero yo no le contaré lo que ha pasado entre nosotros, si es lo que deseas.

Mary calló dolida y asintió. ¿De verdad deseaba callar su deshonra? No quería obligar a Robert a nada, si se sabía los pondría a ambos en una difícil situación.

Robert no podía más con la tortura a la que voluntariamente se estaba sometiendo. Debido a que la noche anterior no habían descansado demasiado, la escocesa se quedó dormida al poco tiempo entre sus brazos. Con el hombro, Robert sujetaba su cabeza, el rostro había buscado el calor de su pecho y cada vez que bajaba la cabeza para comprobar si dormía se encontraba con sus hermosas facciones. No solo tenía los ojos verdes de los Canmore, sino también la barbilla que daba a su rostro forma de corazón como la de las pequeñas princesas, las hijas pequeñas del rey. Su nariz recta y fina, desafiante, todo en ella le parecía hermoso. Si su belleza no le hacía perder la cabeza, el brazo con que la sujetaba bajo sus pechos le iba a matar. Sentir la plenitud de sus senos tan cerca, recordar su suavidad y redondez, lo hacía sentir cada vez más incómodo sobre el caballo. ¡Demonios! Tenía la verga tan dura que no llegaría al final del día, parecía un joven escudero con su primera mujer. Elevó sus antebrazos por el simple placer de rozarla y sentir el peso palpitante. Deseó cubrir con sus manos todo el cuerpo de Mary. El sudor comenzó a recorrer su frente. Creía que al tomarla pararía su sed de ella, pero ese deseo se acrecentaba a medida que pasaba tiempo a su lado. Mary era lo mejor que le había pasado nunca y, ¡maldita sea!, se alegraba de haber sido el primero en saborearla, en sentir su dulzura. Con un movimiento de la cabeza se deshizo de sus pensamientos. ¡Basta ya de tonterías!, se dijo. Al final, la princesa lo convertiría de señor de la guerra en bardo enamorado. Con un brusco movimiento la despertó.

Mary abrió los ojos asustada por el zarandeo y enderezó el cuerpo.

—Discúlpame, Robert, me he dormido —susurró al levantar la mirada y verlo concentrado en el camino.

—No me había dado cuenta —contestó el noruego indiferente.

Mary se preguntó por qué parecía enfadado con ella, pero decidió ignorarlo y concentrarse en el paisaje. Atravesaban una cañada hermosa donde desembocaban pequeños riachuelos procedentes de las montañas. Todo el grupo permanecía en silencio, solo se escuchaba la tenue risa de Lissie mientras hablaba con Duncan. El noruego advirtió cómo la escocesa suspiraba por la belleza del lugar y elevaba la vista hasta las cumbres que formaban una bóveda sobre ellos. El invierno se había adelantado y pronto estarían nevadas, el agua se congelaría y la cañada se cerraría para toda la estación.

—La llaman la Garganta del Diablo.

Ella lo miró suspicaz y puso los ojos en blanco.

—No es cierto, un lugar tan hermoso no puede llamarse así. Tratas de asustarme, noruego.

Robert se echó a reír. Una carcajada emergió de sus labios y le hizo parecer más joven, llenó sus ojos de una calidez que Mary no creía posible. El silencio fue total en la comitiva. Se dio cuenta de que todos miraban a su *mormaer* perplejos. Duncan, Mortag, Brian y el resto de los soldados, incluso se habían detenido tras ellos.

—No ríes mucho, ¿verdad? —susurró Mary—. Deberías ser siempre así, estás muy guapo cuando lo haces, noruego.

Robert la miró desconcertado cuando vio en sus ojos un anhelo parecido al que ella tenía en su mirada en Both, cuando miraba al Dougall. Se agachó colocando su barbilla sobre la cabeza de Mary y su sonrisa desapareció.

—Tú me haces reír, princesa —dijo Robert para volver a sumergirse en su mutismo.

Mary estaba enamorada de él. Tomó conciencia del significado de aquella mirada cargada de ternura y renegó de sí mismo. Amor. No entraba en sus planes. Cierto era que cuando la vio por primera vez mirar así a Will Dougall deseó ese sentimiento para sí mismo y ahora tenía ese regalo envenenado. Mary no se entregó a él por lujuria o deseo, sino porque se estaba enamorando de él. ¡Por todos los diablos! Había combatido ese sentimiento una y mil veces huyendo y ahora estaba atrapado, sin saber qué sentía por ella. Amor no, ese sentimiento siempre se había mostrado esquivo, alejado de su familia y de las mujeres que podían llegar a su corazón. Conocía el respeto, el honor, la lealtad, la guerra, pero no sabía nada de esa palabra. Y allí estaba Mary, que había amado a otro hombre, que amaba a sus amigos, al sol y a la belleza de Escocia. ¿Y qué sentía él por la muchacha? ¿Celos, como le demostró Neill MacNab? Sí, Mary era suya y de nadie más, por lo menos hasta que la entregara a su padre. Debía alejarse de ella antes que la risa y el dolor lo conquistaran, antes de caer rendido ante su princesa.

Capítulo 16

Duncan volvía de reconocer el terreno cuando Robert los vio, una sombra fugaz en el valle y el brillo de una espada. Aún les quedaba una milla para dejar atrás la Garganta del Diablo, la entrada a los bosques donde habitaban los Gregor, un clan con el que no deseaban tener problemas. Lanzó un silbido largo a Duncan, que espoleó su caballo hasta él con gesto preocupado.

—Los he visto, Robert —afirmó en un susurro, mientras mantenía su caballo a la par del suyo.

El noruego dirigió su mirada hacia atrás. Hacía ya unos minutos que había enviado a Mary a montar con Lissie, las vio como reían en voz baja. Se alegró por la escocesa, parecía no haber tenido nunca demasiadas amigas. Duncan esperaba sus órdenes, quizá fuera mejor tenerla alejada si es que los atacaban.

—¿Crees que son los Gregor? —le preguntó a Duncan.

—No lo sé, Robert. Ellos atacarían directamente, a no ser que sean unos pocos que nos han encontrado por casualidad.

El ulular de un búho rompió la conversación, el caballo que llevaba a las dos jóvenes relinchó y el noruego se giró para comprobar que estaban bien. Algo iba mal, Mary estaba lívida mientras miraba hacia las cumbres que los rodeaban. ¿Un búho a mediodía? Entonces lo comprendió. Buscaba a Will Dougall. Así se comunicaban, lo mismo que en el campamento semanas atrás. Robert sintió la ira creciendo desde el estómago hasta la última de sus venas. La miró, dolido por su traición. Ella lo buscaba con anhelo, un brillo de esperanza, y al sentirse observada le correspondió con una mirada aterrorizada.

Mary suspiró. Solo podía ser Will, los había seguido. El tener a Lissie con ella refrenó el impulso de acudir a su llamada. Sus sentimientos hacia Will habían cambiado, pero no por ello dejaba de sentir el cariño profesado durante tantos años. Le preocupaba que él hubiera perdido el juicio, aún recordaba sus palabras teñidas de odio después de morir Rose, su mirada desprovista del calor que antaño tenía... Necesidad de venganza, así funcionaban los escoceses. Ojo por ojo, toda la vida, hasta lograr la venganza, pero lo de Rose... Cierto era que fue un momento de locura, pero no merecía morir.

William permaneció escondido tras las rocas un momento más. Desde allí tenía al noruego a tiro de su arco, llevaba el *cotum* negro de cuero. A la cabeza entonces, decidió. Había sentido la necesidad de avisar a Mary del ataque, pues no deseaba que corriera peligro. Ahora se daba cuenta del error, estaba previniendo al noruego. No importaba, podría perdonarle todo si regresaba con él, cuando muriera el noruego. La venganza se había instalado tan fuerte en su corazón que no podía respirar sin pensar en cómo matarlo.

Tensó el arco. Algo iba mal, Mary discutía con el noruego. Will se preparó para el tiro, midió la distancia, comprobó la dirección del viento. Entonces Mary apareció en su ángulo de visión, con los brazos extendidos, colocada entre él y su blanco. Ella había adivinado su posición. Se conocían tanto que lo había localizado. Jodido juego del escondite.

—¡Apártate, maldita sea! —siseó Robert a Mary, al mismo tiempo que Will Dougall lo susurró para sí mismo.

—No disparará. No conmigo delante de ti, noruego —susurró Mary convencida.

Robert la miró paralizado y tuvo miedo, la primera vez en sus años de guerrero. Miedo por Mary.

Duncan golpeó el flanco del caballo de las mujeres para que se apartaran y Will se apresuró en disparar, desesperado por perder su oportunidad. Cerró los ojos en el momento que la flecha rebotó sobre la tensa cuerda.

Mary cayó del caballo. La flecha era la señal.

Desde el extremo opuesto los Gregor se abalanzaron sobre el grupo saltando ladera abajo. La promesa del botín los hacía fieros chacales del mejor postor, ahora de William Dougall.

El noruego vio cómo Mary caía lentamente hacia un lado mientras Lissie intentaba agarrarla sin éxito. Desmontó con rapidez y la arrebató de los brazos de Duncan y de la muchacha. Estaba cegado por el miedo. Se arrodilló y la cogió en sus brazos, sintiendo su cuerpo inerte, sin fuerza, entre el barro y los regueros de agua.

Un grito gutural se escapó de sus labios.

—¡*Samán*! —rugió elevando su voz entre los gritos de alarma.

Sus hombres, al oírlo, formaron un círculo, protegiéndolo a él y a las mujeres.

Los Gregor llegaron hasta ellos con furia y Robert comprendió que les doblaban en número. Miró el cuerpo de Mary entre sus brazos y supo que tenía que dejarla si querían tener una oportunidad de sobrevivir. La apretó con fuerza contra él y besó sus labios con alivio al sentir el aliento de vida.

—¡Lissie, no te apartes de ella, pase lo que pase! —gritó Robert a la muchacha. La joven asintió con los ojos cargados de miedo y lágrimas, pero aferró el cuerpo de Mary, sin importarle que el hilo de sangre manchara su vestido.

Robert cargó contra sus enemigos, poseído por la furia, deseando encontrarse con William Dougall cara a cara. Comenzó a descargar sus espadas, la *claymore* y su daga corta, sin detenerse a pensar.

Lissie notó cómo Mary despertaba entre fuertes dolores y pegó su rostro al suyo.

—¡Gracias a todos los santos! —gritó la muchacha en medio del estruendo.

Mary miró a su alrededor sin comprender. Los hombres del noruego las rodeaban protegiéndolas, luchaban en desventaja frente al menos veinte hombres armados. Buscó a Robert entre la maraña de espadas chocando y con alivio lo divisó de espaldas a ella. El noruego combatía junto a Gael, el más joven del grupo. Protegía su izquierda del filo de las espadas y hachas con una daga corta y ligera, penetrando con el acero los *cotum* de sus oponentes. En la otra mano, su *claymore* asestaba golpes con una violencia que la asustó. Mary dirigió su mirada al dolor que se clavaba en su brazo, creyendo que volvería a desmayarse al ver la punta de la flecha ensartada un poco más debajo de su hombro. La herida le estaba provocando un dolor indescriptible, así que llamó la atención de Lissie, que estaba pendiente de la lucha, tirando de su vestido.

—Lissie, ¡corta una tira de tu camisola!

—¿Qué vas a hacer, Mary?

—Tengo que arrancar la flecha y vendarme —gimió Mary con un sudor frío cayéndole por la frente.

Por fortuna, la punta de acero había penetrado hacia un lado. Se sentó como pudo y cogió la flecha desde la parte más cercana a su piel. Intentó tirar de ella. Las lágrimas inundaron sus ojos y se dejó vencer por el dolor.

—¡Déjalo, Mary, no podrás tú sola! —suplicó la muchacha, mientras el círculo de protección que formaban los soldados se iba deshaciendo y quedaban expuestas.

Las dos gritaron cuando un guerrero, con la cara manchada de barro, se inclinó de rodillas ante ellas. Miró a Mary con sus ojos azules, claros y llenos de determinación. Mary sintió un alivio tal que estuvo a punto de abrazarlo.

—¡William! —exclamó sorprendida—. ¿Estás bien? ¿Estás herido?

—Solo tú, Mary, puedes preguntar en estos momentos si estoy bien. ¡Te he herido!

La escaramuza entre Duncan y dos soldados se acercaba a ellas desde el otro extremo. Will vio el peligro y los rechazó, con su espada desde el suelo, para que se alejaran de ellos. Soltó sus armas sin preocuparse por estar desprotegido y colocó sus manos sobre las de Mary para arrancar la flecha. Por un momento se miraron a los ojos y Mary sintió que aquello no era un reencuentro, sino una despedida del niño que una vez amó y que nunca volvería a ser.

—Hasta tres, Mary. Tiraré con fuerza —avisó Will.

Asintió con la cabeza para darle permiso. Sintió cómo la piel se desgarraba nuevamente y el acero se deslizaba por su carne. Un borbotón de sangre acompañó el acero y parte del dolor desapareció. Lissie empujó a Will para apartarlo de ellas, pero él la derribó sin miramientos hacia el suelo embarrado.

—Mary, lo siento tanto, mi amor... —dijo Will, al cogerla con fuerza del cuello, clavándole los dedos en torno a la garganta—. Si es necesario armaré un ejército, iré a Dunfermline, recuperaré lo que me corresponde por derecho y a ti.

—No, Will, no entiendes... —Apenas podía hablar con la presión de él sobre su piel. Se dio cuenta de que la miraba enloquecido—. Yo deseo... deseo quedarme junto a Robert.

Él aflojó la presión y sonrió a medias.

—Lo comprendo, te ha obligado, pero ahora poco importa lo que te haya hecho. Voy a matarlo.

Fue lo último que Mary escuchó. Todo a su alrededor se volvió negro ante la presión que sentía en el cuello y fue sumergiendo su mente en la inconsciencia con la horrible certeza de perseguir siempre un amor que no la correspondía. Se vio arrastrada a la oscuridad y se sintió aliviada al alejarse de Will.

Despertó con una sed horrible, como aquella primera vez en los brazos de Robert. Supo al instante que era él, el tacto de su piel y la fuerza de sus músculos. Su olor a guerra y sangre debían repelerla, pero incluso la reconfortaron como si estuviera en casa. La anciana vendaba su brazo mientras el noruego la sujetaba, sentado en el suelo, con la espalda apoyada en el tronco de un árbol.

Robert la miraba ceñudo. No la había soltado desde que el último de sus enemigos cayó ante él. Había arriesgado su vida, había luchado sin control al ver al Dougall arrodillarse junto a ella para luego escapar junto a los Gregor.

Agnes acabó su tarea con una palmadita de cariño en el rostro de Mary y se levantó deprisa.

—Ha despertado, *mormaer* —dijo la anciana como si el noruego no lo supiera.

—Vete, mujer —ordenó con la voz de un animal enjaulado. Giró su cara hacia abajo y la obligó a mirarlo.

—Voy a matarlo —siseó. Tres palabras que revelaron toda su ira.

Mary no pudo reprimir por más tiempo las lágrimas que inundaron sus ojos.

—¿Por quién lloras? ¿Por ese imberbe cabrón que sale corriendo en cuanto intento enfrentarme a él? ¿Sigues queriendo irte con él? Lissie me ha contado su estúpida promesa. ¿Qué pretende? ¿Enfrentarse al rey de Escocia y a mí? Solo quiere convertirse en rey —gritó Robert zarandeándola.

Aspiró aire y clavó su mirada en él con un desafío. Robert calló un momento, en lo que le pareció una eternidad, esperando que Mary gritara enfadada o lo insultara. Sintió temor a que ella le dijera que, en efecto, deseaba irse con William.

—Eres un idiota. Lloro porque Will ha enloquecido y me ha herido en su loca venganza, pero sobre todo lloro por mí. Noruego bruto y obstinado, ¡lloro porque te amo más que a mi vida! —gritó Mary con tanta impotencia que lo golpeó con los puños en el pecho cubierto por el *cotum*.

El noruego se quedó sin respiración, lívido. No esperaba una confesión como aquella. Le había fallado más veces de las que podía contar, con sus palabras, con su lujuria, con su rechazo y, después, al permitir que la hirieran por su causa. Y a ella solo se le ocurría decir que lo amaba.

—Pues no deberías —le contestó furioso, impotente ante aquella mirada verde.

—Lo sé, me entregarás a un hombre al que nunca amaré. No quieres mi amor, ¿verdad? —Comprendió Mary con resignación—. No lo mereces, tú, noruego, solo amas la guerra y la venganza, el amado sueño de tu rey, una Escocia unida. ¿Qué os importa sacrificar a una mujer? Nada. Mataos Will y tú mil veces, si queréis, no es por mí ni por esta tierra, sois dos hombres echando un pulso por ver quién gana esta batalla.

Mary se levantó como pudo, agarró el vendaje de su brazo y se alejó de él. Robert trató de ayudarla, pero su mirada lo dijo todo. Se apartó de ella y la dejó marchar, a ella y a su coraje.

Duncan se acercó entonces y lo miró sorprendido.

—Robert, ¿por qué sigues con esto? No puedes continuar escondiendo lo que sientes. Díselo y cásate con ella, el rey lo entenderá —dijo Duncan, serio como pocas veces lo había visto en su vida.

El noruego apartó de su cara los restos de barro y se mesó el cabello revuelto.

—No lo entiendes, Duncan. Síguela y monta guardia junto a las mujeres, y dile a esa cabezota que procure no moverse demasiado.

—¿Dónde vas, Robert?

—Iré en avanzadilla con dos hombres, no quiero más sorpresas. —Duncan arqueó una ceja esperando que continuara—. Y sí, a alejarme de ella todo lo posible. Necesito pensar —gruñó.

Capítulo 17

Dos días más tardaron en llegar a Dunferm-line, el castillo del rey Malcolm. Dos días en que apenas habían parado, comiendo sobre el caballo y durmiendo pocas horas. Mary sentía horribles dolores, aunque amortiguados por los brebajes de la anciana.

La torre recién construida del castillo de Dunfermline se elevaba sobre una colina amu-rallada y destacaba sobre el paisaje para pro-vocar un terror reverencial, la prueba del poder del rey. Malcolm pretendía dotar al rei-no de una estabilidad, una fortaleza de piedra donde sus condes acudieran a rendir pleitesía a la nueva Escocia. Ella y su matrimonio for-maban parte de sus alianzas para conseguir al poderoso MacBeth.

La torre cuadrada estaba casi terminada, orientada hacia el mar, en la misma curva que describía el meandro del río, donde recibía la brisa del mar y el cobijo de los bosques del oeste.

Cruzaron el puente de madera en el cual trabajaban unos hombres acarreando piedra. Al ver a Robert al frente de la comitiva, inclinaron la cabeza con reverencia. Él no respondió y pasó ante ellos con su mirada fría y gris. El sendero se curvó hasta alcanzar las puertas abiertas de la muralla inacabada. En las almenas, los soldados dieron aviso con gritos que pasaron inadvertidos entre el bullicio de los aldeanos, entrando y saliendo, carretas llenas de víveres y guerreros ejercitándose en el patio.

Mary agarró la cintura de Lissie. En el momento que atravesara aquellas puertas, su destino estaría sellado, ya no sería suyo. Buscó con la mirada a Robert, que una vez más, la rehuyó. Durante los últimos días la había ignorado y esquivado con habilidad. Con su declaración de amor, ella solo había conseguido alejarlo. Lloraba por él cuando se encontraba a solas, se sentía utilizada y aun así no se arrepentía de haber podido compartir con él su primera vez. Ahora llegaba la hora de la verdad: conocer a su padre, el rey, y saber que Robert se alejaría de ella para siempre.

—Es impresionante —exclamó Lissie al mirar alrededor.

Mary no contestó. Aún recordaba la majestuosa silueta de Both, su hogar, y la maravillosa familiaridad de cada uno de sus rincones. Añoraba el camino que cada día la llevaba a la cabaña del padre Donald y escuchar sus sermones dominicales en la pequeña capilla. Los abrazos de Annie en cualquier momento, pillándola desprevenida y colmándola de besos. Sabía lo que ellos dirían de estar allí: «Le quieres. Tómalo, Mary, e intenta ser feliz».

—Sí, es hermoso —afirmó Mary de manera automática.

—Estás nerviosa —sonrió Lissie—. No te dejes amilanar por su aspecto. Si eres capaz de enfrentarte al noruego como lo haces, el rey será para ti como hacer un pastel de moras.

¡Cielo santo! Si Lissie no callaba iba a meterle un trapo en la boca untado en picante. Mary se avergonzó de tales pensamientos, pero es que, al fin y al cabo, ella no pertenecía a ese mundo en el cual intentaban meterla a la fuerza. Nerviosa, no. Indecisa, insegura, indefensa y aterrorizada, eran mejores palabras para describir lo que sentía en esos momentos al traspasar las murallas.

Al llegar al patio, el noruego desmontó delante de un grupo de soldados que los esperaban. Con ligereza, como si no llevaran dos días sin bajarse del caballo, se acercó al más alto de todos y clavó su rodilla en el suelo con respeto. Era un soldado como todos y a la vez como ninguno. La culpa era de sus ojos verdes y su mirada inflexible, no en vano lo llamaban «el destructor», curioso apodo si lo que deseaba era unir Escocia.

El pelo largo y castaño le caía hasta los hombros, ocultando una profunda cicatriz en el

cuello. Ahora Mary sabía de dónde había tomado prestada Robert esa mirada dura y esos ademanes prepotentes. Se dio cuenta de que, tal
vez, debido a la diferencia de edad entre ambos,
Robert había tomado la figura del rey como mo-
delo a seguir, al estar separado de su familia tan
joven. El rey hizo levantarse al noruego y ambos
se fundieron en un abrazo muy masculino, lleno de golpes afectuosos. Duncan se adelantó
con una reverencia de respeto y Mary tuvo que
sonreír al ver cómo el monarca revolvía los cabellos del *highlander*, casi tan alto como él.

Entonces la miró. Malcolm avanzó hasta ella
y Mary se encontró cara a cara con sus mismos
ojos reflejados en aquel hombre de aspecto
fiero. La evaluó de arriba abajo. Sintió la presencia de Robert a su lado para ayudarla a desmontar. Él se demoró un poco en soltarla, sin
mirarla ni tocarla demasiado, pendiente de su
brazo herido. El rey enseguida se percató y
frunció el ceño.

—Está herida —afirmó el rey con la voz ronca, quizá por culpa de la cicatriz que mostraba
en su garganta, y con un tono nasal tan profundo que aseguraba que se había roto varias veces la nariz.

Mary lo miró impasible e hizo una breve reverencia con el poco valor que sentía en esos
momentos. El silencio en el patio era total, parecía que hasta los caballos habían decidido
callar y los pájaros huir huir de la fortaleza
ante tal encuentro.

—Sí, padre —dijo Mary en voz alta, con una firmeza que su corazón no tenía. La obligaban a ser un peón, pero nadie, nunca más en su vida, la obligaría a sentirse sumisa.

El rey de los escoceses la miró atónito.

—Sí, mi rey, hubiera sido la contestación adecuada, niña.

Esperaba un pajarillo asustado y había encontrado en su lugar a un halcón de mirada arrogante y decidida, hermosa y con coraje. No era lo que esperaba.

—Tu nombre —rugió el rey para ver su reacción. Vio cómo Robert se colocaba a su lado, a modo de protección.

—Antes, Mary White, hija de Maude Dougall. Ahora, Mary Canmore, princesa de Escocia.

El silencio, si era posible, se hizo más profundo. Hasta el viento dejó de soplar ante su atrevimiento. Con la sutileza de unas pocas palabras le echó en cara haberla dejado crecer como bastarda. Lissie sofocó un gemido a sus espaldas, escandalizada.

Entonces el rey rompió a reír, una carcajada tan fuerte que resonó como un eco en el patio de armas e hizo suspirar aliviado a más de un soldado.

—Bienvenida a casa, Mary Canmore —afirmó, orgulloso de saber que por las venas de una hija que no conocía corría la sangre de sus antepasados. Al acercarse a ella algo nubló su mirada.

—Tus ojos —susurró entonces el rey. Alargó su mano, sin llegar a tocarla, como si un recuerdo lo hubiera atrapado en el pasado, hace ya muchos años—. Eres tan bella como lo fue tu madre, pero tienes mis ojos —dijo Malcolm, y se giró para mirar a Robert con una sospecha rondando sus pensamientos.

—Gracias, padre, dicen que era muy hermosa —respondió sin perder el tono serio de sus palabras.

—Lissie MacNab —llamó a gritos a la muchacha que esperaba tras Mary—. Mi mujer y mis hijas se alegrarán de teneros aquí y sus doncellas de oíros contar las hazañas de vuestro hermano —farfulló, resignado ante los suspiros que Neill provocaba en todas las jóvenes del castillo en sus breves visitas—. Muchacha, serás la doncella de Mary. Cuídala bien.

El rey de los escoceses pareció decidir que ya había perdido demasiado tiempo con las mujeres e hizo un gesto de hastío hacia Robert y Duncan. Lo siguieron silenciosos. Robert apenas la miró al pasar junto a ella. Llegaba el momento de responder por la destrucción de Both, pero antes debía hablar con Mary.

Ella lo vio acercarse con una advertencia en sus ojos claros que decidió ignorar antes de escucharle.

—Noruego, tienes que ir con el rey —le señaló Mary con ironía.

Robert la miró con una chispa de indecisión, por un momento pensó que iba a besarla.

Se acercó a ella hasta que sus cuerpos casi se rozaron. Mary levantó el rostro hacia él. El noruego se inclinó despacio, hasta que con su aliento rozó la piel de su mejilla. Un hormigueo le recorrió la espalda en espera de su contacto.

—Espérame esta noche, Mary, iré a verte. Necesito hablar contigo.

La dejó allí, con la respiración entrecortada y un anhelo que le llegaba hasta el corazón. ¿Por qué se deshacía de ansia por aquel guerrero rudo? Aún recordaba sus manos ásperas, las caricias de sus dedos sobre la piel desnuda, sus labios, pero no lo quería así, a escondidas como si lo que hicieran estuviera mal. Para ella era amor. Lo dejó marchar sin responderle, sabiendo que no tendría nunca el corazón del noruego.

Capítulo 18

Escoltadas por Gael y Mortag, siguieron a una muchacha pelirroja de mejillas coloradas que las condujo a través del gran salón, desierto a esas horas de la mañana. Apenas unos tapices vestían la enorme sala de techos decorados en paneles de roble donde todo olía a humedad; aún no habían calentado suficientes fuegos para eliminar el olor a piedra y madera de bosque. Mary se separó del grupo para poder tocar con reverencia las enormes columnas que llegaban desde el suelo hasta los techos artesanados. Nunca había visto nada igual. Frotó con su mano la suavidad de la madera noble, deleitándose en algo que antes estaba vivo y ahora formaría parte de los hombres como testigo de su ambición y riqueza.

—Es hermoso, ¿verdad? —la voz con un acento suave la devolvió a la realidad y apartó de forma brusca la mano de la columna.

—En mi patria, mi padre mandó construir un salón similar a este. Es magnífico.

Mary miró a aquella mujer de hermosas facciones y estatura más baja que la suya.

—Parece una capilla. He visto algo parecido en antiguos grabados —admitió curiosa.

—Eres hermosa, niña —cortó la mujer. La inspeccionó con un descarado interés—. Tienes los ojos de los Canmore, en verdad eres hija de Malcolm.

Mary cayó en la cuenta de con quién se encontraba hablando y agachó la cabeza en señal de reverencia.

—Haces bien en inclinarte ante tu reina y tener conocimiento de tu delicada posición en la corte. Para mí sigues siendo la bastarda de mi esposo —dijo con desprecio la mujer.

Mary se quedó paralizada ante el rechazo de sus palabras y su tono. Los ojos de la mujer desprendían odio.

—Ve con las criadas, te llevarán a tus aposentos. Por favor, lávate y que te den ropa limpia. Será por poco tiempo, en dos días tu esposo, Rory MacBeth, vendrá a por ti. Intenta ser discreta y pasar desapercibida —le ordenó con desprecio.

No pudo encontrar las palabras para contestar ante tanta falta de cortesía, pero qué esperaba, allí solo era una advenediza. La reina desapareció, seguida de dos niñas que debían de ser sus hijas, y el resto de las doncellas sonrieron con una mueca al seguirlas.

—No le hagas caso, Mary —susurró Lissie—, tiene miedo de ti y de tu posible influencia sobre el rey.

Mary encogió los hombros con resignación y siguió a su amiga y a la criada hasta sus aposentos. La dejaron con dos muchachas y rápidamente las despidió en cuanto vio el baño. No quería que nadie viera las marcas de su espalda y la herida del brazo. Se desvistió sola, como siempre. Una vez en la tina, se sumergió con placer en el agua tibia. La habitación caldeada por el fuego de la gran chimenea era tan acogedora que le provocó un suspiro de calma.

Con la mirada recorrió la pequeña habitación, sin apenas muebles, excepto la gran cama con dosel. Allí, sobre las mantas, se encontraban sus escasas pertenencias: el vestido marrón y polvoriento del viaje y su bolsa raída. Miró con tristeza lo único que tenía, allí dentro estaba el vestido que Beltane le había regalado, roto y arrugado. El castillo entero estaba decorado con la misma flor de cardo que la judía había tejido y era el emblema de los Canmore. ¡Qué desafortunado fue ponérselo aquella noche en que Both fue destruido! Dos días y Rory MacBeth se la llevaría para casarse con él. Nunca había sentido curiosidad ninguna por su futuro esposo, como si estar junto a Robert eclipsara a todos los demás hombres.

Salió del baño, se cubrió con un lienzo que habían dejado las mujeres para ella. Cogió la bolsa y sacó el vestido para ver si tenía arreglo.

Se sentó en el suelo, junto al gran fuego, y lo extendió con cuidado ante ella. Recordó el bosque al que la había llevado el noruego, ese primer beso que parecía tan lejano. «Es mía», les había dicho a los soldados de los que la rescató. ¡Cómo hubiera deseado que fuera cierto! Mary rozó los labios con la yema de sus dedos y se abrazó como si fuera Robert el que la cobijara y le diera calor. Extrañaba al noruego, su cuerpo recio lleno de cicatrices. Ella también tenía las suyas, las que a él le gustaba acariciar sin miramientos. No le dejaba ocultarlas, como si compartieran ambos el dolor de una vida en esas marcas.

Una ascua del fuego cayó cerca del vestido y Mary la cogió entre sus dedos para devolverla a las llamas, sabedora de que se quemaría, pero el dolor físico era más fácil de soportar que el del corazón. Le recordó lo efímero de las cosas que le habían hecho daño y de lo vivido junto a Robert. No quería más pena en su vida. Se levantó enfadada y miró el vestido. ¿Qué sentido tenía aferrarse al pasado y las normas? Desde que conocía a Robert se sentía viva, ¿qué importaba que él no la amara? Ella sí lo quería y no pasaría el poco tiempo que les quedaba juntos llorando en su habitación. Cogió el vestido con rabia y lo arrojó al fuego. Vio cómo, poco a poco, bajo un denso humo, iba desapareciendo: la tela verde se arrugaba y se consumía hasta deshacerse. Mary abrió la ventana ojival para que el denso olor se fuera.

Mañana, se juró, escaparía de su destino, pero hoy debía encontrar a Robert, solo una vez más, para guardar el recuerdo del amor que pudo ser.

La puerta se abrió de golpe, chocando la madera contra la pared, y Mary se giró sobresaltada. Allí, delante de ella, ocupando todo el espacio de la entrada a sus aposentos, estaba Robert.

La miró como si estuviera desnuda, sin la tela que apenas la cubría. Había intentado seguir las órdenes de su rey, mantenerse lejos de Mary, pero en el momento que le dieron la noticia de que MacBeth se dirigía hacia el castillo, toda su férrea disciplina cayó. Los celos lo corroían. ¿Y si Mary al ver a Rory lo olvidaba? Las mujeres lo perseguían por su afable encanto y su rostro. Se diría, si no fuera imposible, que él, el *mormaer* del norte, había corrido como un hombre enamorado hasta su puerta para encontrar el regalo que Mary le mostraba. Casi desnuda, su pelo cayendo liso y negro, en cascada sobre sus pechos apenas ocultos.

Robert cerró la puerta tras él y vio cómo los verdes ojos de Mary se entornaban con una sospecha.

—¿Qué haces aquí, Robert? —lo increpó Mary sin cubrirse, sin avergonzarse, como era común en ella. Robert no tenía que saber que era ella quien pretendía buscarlo momentos antes, pero claro, con algo más decente encima.

—Solo quería asegurarme de que estabas bien, Mary.

—¿Tenías miedo de que me ahogara en mi baño? —le preguntó con tono irónico—. ¿Sabes lo que creo, noruego? Que tras vuestra conversación con el rey has venido a despedirte porque sabes que mi futuro marido llegará en poco tiempo.

Robert sintió su cuerpo tensarse. ¿Tan ruin lo creía? ¿Tan falto de honor como para pensar eso de él? Era cierto, la necesitaba. Su olor, su piel, su sonrisa, sus ojos... ¡Necesitaba verla! Quería su cuerpo, quería todo de ella.

—¿Qué quieres, noruego? ¿Una noche más de placer? ¿Que te suplique amor?

No esperó a que contestara, sabía que nunca tendría ningún sentimiento por parte de Robert e hizo lo único que había planeado. Dejó caer con lentitud la tela que cubría su cuerpo para quedar expuesta, desnuda ante él.

—Te deseo, noruego —susurró sin moverse, anhelando que no la rechazara.

Si tenía que ser así, así sería, sin palabras de amor, solo con un propósito: atesorar un recuerdo que debía acompañarla toda la vida.

Robert perdió toda la disciplina que aún conservaba su cuerpo y su mente. Siguió con la mirada la delicada curva de su cuello, sus pechos llenos y colmados, el vértice entre sus estrechas caderas. La manera en que la luz del fuego se proyectaba sobre su piel desnuda lo hizo temblar de deseo. Ansiaba cubrir de besos cada centímetro de Mary y lamerlo sin piedad, descubrir a qué sabía su princesa.

Un hombre honorable se hubiera ido y reconocido al fin que ella no le pertenecía por derecho. En lugar de hacerlo, se acercó atraído por su olor a jabón y lavanda hasta que el pecho de Mary rozó su camisa. Estaba perdido. «Te deseo, noruego». Sus palabras se repetían una y otra vez en sus oídos, habían roto el poco juicio que le quedaba.

Juntó su frente con la de Mary, agachándose sobre ella, más pequeña y delicada de lo que recordaba. La respiración de los dos era entrecortada. La atrajo contra él y sintió su cuerpo amoldarse al suyo como una pieza se une a otra. Sus caderas contra él, su vientre plano contra los músculos de su estómago, la curva de sus pechos erguidos contra su torso... Podían fundirse por el calor que emanaban sus cuerpos.

La boca del noruego descendió buscando la suya, mientras la agarraba del cabello, y su mano describía la línea de su espalda hasta apretar sus nalgas contra su verga.

—Quiero probarte entera, Mary, perderme en ti como no lo he hecho antes en ninguna mujer.

Mary aspiró el aliento con fuerza. Para ser un bárbaro que no sentía amor, sus palabras llegaron a sus oídos como las diría el mejor de los bardos escoceses.

—Hazlo Robert, una última vez —suplicó Mary.

El fino hilo que lo retenía se rompió, demasiado tenso y fuerte para soportar sus convicciones y su honor.

La sujetó del cuello y la besó llenándose de su sabor, dulce y prohibido, la más dulce de las sensaciones que lo hizo gemir contra sus labios. Era sabor a frutas maduras y miel, a Mary. La cogió entre sus brazos, sin dejar de besarla, y la llevó sin esfuerzo hasta la cama. Apartó con desesperación los vestidos prestados y la dejó caer entre las mantas.

Sus ojos grises siguieron cada pulso de su respiración, cómo se elevaban sus pechos por la pasión y descendían mientras él se despojaba de toda su ropa, las botas, los pantalones. Cuando se quitó la camisa, Mary lo observó con deleite. Su orgullo de hombre se elevó sobre su lascivia. Cayó con lentitud, maravillado por la expresión de placer de la escocesa. Apoyó sus brazos a los lados de su cabeza, con cuidado para no aplastarla con su enorme peso, y sonrió ante su mirada apasionada.

—Mary —gimió.

Sus manos le recorrieron el rostro ovalado, descendieron por el cuello, maravillado por su suavidad. Atrapó con ternura su pecho, deshecho entre sus dedos, sin dejar de mirar sus ojos esmeralda.

Cuando Mary sintió la lengua rozar la punta erguida de su pezón, gimió y sus manos se aferraron con fuerza a los enormes brazos de Robert. Él se entretuvo un momento más trazando senderos de placer entre su pecho, hasta su vientre, y descendiendo más allá. «¿No pretenderá...?», sospechó Mary, y demasiado tarde comprendió qué iba a hacer el noruego. Su lengua rozó su parte más sensible, en la prieta abertura de su sexo, y lamió su centro húmedo y caliente. Mary creyó morir de placer y vergüenza e intentó apartarlo, pero él retuvo su mano. Sometida al cruel placer que la consumía, Robert comenzó a trazar círculos y presionar hasta quemarla. Mary sintió la corriente que se creaba entre ellos y se arqueó pidiendo, rogando que siguiera hasta colmar las pequeñas contracciones que sentía ahí abajo.

—Eres deliciosa, princesa —dijo el noruego, al tiempo que sus dedos penetraban donde momentos antes estaba su lengua.

Mary rozaba el infierno, un infierno de lujuria y placer del que no deseaba salir, solo clamaba con sus gemidos para que Robert penetrara en ella como recordaba. Necesitaba arrancar esa sensación de vacío que la embargaba. Él pareció saber qué necesitaba y acercó su gruesa columna de acero a la entrada. Ella lo buscó con su cuerpo.

—Mírame, Mary, deseo ver tu placer, mi amor.

Mary no supo si había imaginado su última palabra. ¿Amor? Su pensamiento se desvaneció cuando el noruego se deslizó en su interior con una suave embestida. Gritó ahogada en su propio jadeo mientras él salía y entraba, describiendo círculos con la cadencia del placer. Con un suave movimiento, Robert la hizo colocarse sobre él para admirar su cuerpo. El pelo negro y largo de Mary cayó sobre sus cuerpos, suave y sedoso como un manto, de la misma manera en que él lo había imaginado mil veces.

Ella lo miró extrañada ante el hecho de tener el poderoso cuerpo del guerrero bajo ella y Robert le enseñó cómo moverse, sin apartar los ojos uno del otro. Apoyó sus manos en el torso del noruego, sobre el duro acero de sus músculos, mientras subía y bajaba sobre él. La llamarada creció en sus entrañas, atrapada con fuerza sintió los músculos contraerse en su interior; sin respiración, sintió cómo descendían juntos a los infiernos, que ya empezaban a gustarle a Mary tanto como para arriesgarse a quedarse en ellos.

La claridad del alba despertó a Robert. Había dormido como en mucho tiempo. Sonrió en ese momento de paz, rodeado de la luz del alba, y se volvió hacia Mary, que aún dormía. Suspiró con algo parecido a la felicidad. Ella abarcaba por entero la cama con su delgado cuerpo y su suave olor. Le apartó el cabello del rostro con cuidado de no despertarla y su expresión inocente lo conmovió, parecía tan joven que el dolor se le clavó en el pecho. ¿Cómo podía haber siquiera contemplado la posibilidad de entregarla a otro hombre? ¡Qué ciego había estado! Mary era suya, su mente despierta, su sonrisa. No solo llenaba su cama, sino también su corazón.

La amaba. La verdad lo sacudió con intensidad, azuzando un dolor desconocido. Él, que había recibido mil heridas en combate, no sabía cómo cerrar la que se abría en su interior. Tenía que sacarla de la corte.

Con un propósito claro se levantó, teniendo cuidado para no despertarla, con la determinación dibujada en su rostro. Debía hablar enseguida con el rey e impedir esa boda a toda costa. Mary era suya.

Capítulo 19

Mary lo oyó escabullirse como un cobarde de su cama, se hizo la dormida porque no podía enfrentarse a él en esos momentos. La puerta se cerró. Allí iba su guerrero y su corazón, con el sigilo de una serpiente y la frialdad del lobo de ojos grises.

Enterró las lágrimas contra las sábanas y lloró con desconsuelo. La fría decisión que había tomado la noche anterior tomó forma, el plan poco a poco le pareció su mejor opción. Iba a perseguir la libertad, sin amos ni súbditos, sin riquezas y sin ataduras, sin un mañana por el que preocuparse, pero con dignidad. Nunca se entregaría a un matrimonio con un hombre que no amaba ni a la autoridad de un padre que apenas conocía. Amaba a Robert, y si para él no significaba nada, no valía la pena quedarse. Él la había despertado a un mundo en el que podía ser ella, tomar sus propias decisiones, que la apreciaran solo por ser Mary. Necesitaba ayuda, la de Beltane y Lissie.

Robert fue en busca del rey y lo encontró en su sala privada, rodeado de los conocidos rostros de sus hombres de confianza. Duncan, a su lado, trazaba líneas en un mapa del castillo mientras el capitán de la guardia asentía siguiendo sus indicaciones. Malcolm levantó los ojos al verlo entrar y, con solo una mirada, el noruego supo que estaba furioso con él.

—Te han estado buscando, Robert, por orden mía, pero al parecer no buscaron donde debían —bramó el rey al ver su pelo revuelto y la ropa arrugada—. Tenemos un ejército de Dougall y Gregor asediando el castillo y tú andas retozando en la cama de alguna muchacha.

Robert se sintió como un muchacho ante la regañina de un padre, no como el hombre que era. Apretó los puños a ambos costados mientras Duncan esbozaba una sonrisa pícara.

—Pues aquí me tenéis, mi rey —dijo cuadrando los hombros para acallar las risas maliciosas de los presentes. ¿Es que todos sabían dónde había pasado la noche?— ¿Es Will Dougall? —preguntó, molesto por ser el último en enterarse. ¡Maldito crío! No era el momento, debía hablar con el rey sobre Mary—. ¿Qué quiere ahora ese idiota?

—Ser escuchado —gruñó el rey a la vez que se incorporaba de la silla—. Quiere que se restablezca su título, sus tierras, y... quiere a Mary. Afirma que la retenemos en contra de su voluntad.

El rey hizo una pausa mientras sus ojos escrutaban la reacción del noruego.

—Dice que es su prometida e iban a casarse, que tú te la llevaste a la fuerza.

Robert no decepcionó al rey, emitió un gruñido parecido a una carcajada.

—¡No le escuchéis, es un mentiroso! —intervino Duncan. Robert le pidió calma con un gesto.

—El Dougall tuvo su oportunidad para unirse a Escocia y eligió a su padre y la traición —afirmó Robert con voz pausada—. Alzó sus armas contra nosotros y, respecto a Mary... ¿Prometido? ¿No será la expectativa de ser rey con lo que está comprometido?

Malcolm sopesó la respuesta de sus hombres. Los conocía desde niños y no dudaba de ellos. Volvió a sentarse, juntó las manos y meditó sus opciones. Quería al noruego como a un hijo y no veía segundas intenciones en sus palabras. En efecto, tener a Mary en este momento implicaba poseer el futuro de Escocia si a él le ocurriera algo, al menos hasta que sus otras hijas fueran mayores.

—Necesito una tierra unida bajo un mismo mando. ¡Liam! —llamó a uno de los hombres de la sala que escuchaban en silencio—, decidle al Dougall que lo escucharé pero entrará solo. Si para permanecer unidos con el oeste debo devolver a ese muchacho lo que queda de su castillo, lo haré.

—Pero mi rey... —interrumpió Duncan.

—No hay objeciones. Liam, ve a por el muchacho Dougall.

—¿Y Mary? ¿Qué haréis con ella? —preguntó Robert con cautela, aunque poco importaba la decisión de Malcolm una vez tomada la suya propia.

—MacBeth se dirige hacia aquí, mi decisión no ha cambiado, Robert. Se casará con él. Mantente alejado de ella o te encerraré en los calabozos. Ahora, prepara la entrada de William Dougall —ordenó el rey. Había visto la mirada de Robert y su desacuerdo. ¿Y si sentía algo por su hija? No importaba, debía obedecer, había demasiado en juego.

Las órdenes del rey no admitían discusión delante de sus guerreros. «Más tarde, a solas», pensó Robert. Sabía cuál era su cometido, servirlo hasta la muerte, pero se negaba a entregar a Mary a otro hombre. Si era necesario, huiría con ella. Pero, ¿acaso tenía derecho de privarla de un futuro grandioso como princesa de Escocia? Su vida con MacBeth sería la de una mujer muy rica y con poder, huir con ella le suponía renunciar al poder como *mormaer* del norte, perdería sus tierras y sería tratado como un traidor, trayendo a los suyos la deshonra. Mary viviría una vida de fugitiva sin hogar. Robert salió de la sala junto a Duncan, desanimado y pensativo.

—Malcolm te escuchará, Robert —dijo Duncan, consciente de los sentimientos de su amigo—. Mary está enamorada de ti, no le importará ser tu princesa del norte y dejar todo esto atrás.

Robert miró sorprendido a su amigo. ¿Tan evidentes eran sus pensamientos que Duncan los había adivinado? Sonrió ante sus palabras.

—Princesa del Norte. Me gusta como suena, Duncan. —Rio dando un codazo a su amigo—. Vamos a deshacernos de ese patán y hablaré con el rey.

Mary se dejó vestir y peinar como si toda la vida hubiera estado acostumbrada a ese trato. Sentía los ojos hinchados por el llanto y trató de no pensar en las miradas curiosas de las dos muchachas que la preparaban. No preguntaron nada sobre las cicatrices y eso la puso más nerviosa. Al atardecer todo el castillo lo sabría y sacarían sus propias conclusiones. Cuando terminaron, una de ellas le ofreció un espejo con amabilidad. Por primera vez, Mary se vio realmente hermosa, parecía una dama vestida de color azul añil. Beltane, tras la sorpresa de verla convertida en la hija del rey, le había hecho un vestido en muy poco tiempo. Nadie había sospechado lo que tramaban junto a Lissie, mientras cosían a toda prisa.

Volvió a mirarse. En efecto, parecía una dama de la corte, pero tras aquel reflejo seguía siendo ella, solo Mary White. Si el padre Donald y

Annie pudieran verla, sonreirían de placer e incluso le dirían que no se le subiera a la cabeza.

Devolvió el espejo a la doncella y esta le sonrió, infundiéndole ánimos.

—Princesa, os espera fuera un muchacho de los Athall para acompañaros abajo a almorzar.

Mary echó a correr con las faldas del vestido recogidas, ante la sorpresa de las jóvenes. Fuera estaba Gael. Lo abrazó con cariño y sintió la alegría del muchacho ante su muestra de afecto.

—¡Gael! —exclamó, admirando sus jóvenes y familiares ojos azules.

—Princesa —saludó Gael con una reverencia.

—¿Y Mortag? ¿Y la anciana? ¿Están todos bien? —preguntó Mary de forma apresurada. Gael asintió complacido por la preocupación de la dama.

—Todos están bien y os echan de menos, podréis verlos más tarde. —Gael hizo una pausa para observarla, que la hizo enrojecer—. Estáis... estáis diferente —exclamó—. Muy hermosa —susurró el muchacho.

Mary giró sobre sí misma encantada, intentando no sentir vergüenza y evitando que sus orejas se pusieran coloradas. Gael la acompañó a través de los pasillos y descendieron las empinadas escaleras de piedra hasta el gran salón.

La reina Muriel, sus hijas y varias doncellas y soldados, comían en alegre algarabía. Al verla, el silencio inundó la sala. Mary se sometió al terrible escrutinio de todos, con dolor. Las doncellas se apretujaron para no dejarle espacio y los murmullos se oyeron por toda la sala. Gael apretó sus dedos en torno al brazo con que la guiaba. Mary no había sufrido en años las burlas de nadie en Both mientras intentaba servir a todos y ganarse su respeto, y ahora allí en la corte, que nada sabían de ella, de nuevo se sentía juzgada. Irguió los hombros para elevarse unos cuantos centímetros más, calmó al muchacho con una sonrisa y los miró a todos con la frente alta, aparentando que nada le importaba. Se acercó a un sitio libre al final de la mesa y se sentó.

—Princesa, este no es vuestro lugar, deberíais sentaros junto a la reina —susurró Gael azorado.

—No importa, siéntate conmigo —contestó al muchacho.

La reina la miró con desprecio y se levantó ofendida, como si sentarse a la misma mesa que Mary fuera un acto de bajeza. Las damas la imitaron y fueron tras ella. Mary enfrentó la mirada del resto de la corte con entereza e intentó sonreír a modo de escudo mientras su ánimo caía en picado. ¿Por qué antes podía ignorar esas miradas y ahora no? ¿Qué se había sembrado en su carácter de camino a Dunfermline que ahora le ofendían las injusticias cometidas contra ella? En Both odiaba ser Mary White y, aquí en la corte, ser Mary Canmore. ¿Era orgullo? La culpa la tenía el noruego, la había tratado bien y había descubierto que le gustaba.

Como si lo hubiera invocado con el pensamiento, en ese momento Robert apareció seguido de Duncan. Aunque enfrascados en una conversación, se percató de su presencia y los ojos de ambos se encontraron.

Todo aquello que Mary era capaz de ocultar al resto del mundo, él era capaz de verlo con una claridad que la asustaba. Robert miró a los que se sentaban a la mesa con reproche. El lugar de la reina y sus doncellas estaba vacío, no hacía falta ser un genio para saber qué había pasado; habían rechazado a Mary. Las mujeres que aún seguían en la mesa le hicieron sitio, con un suspiro entrecortado a la espera de quién sería la afortunada de gozar de la compañía del *mormaer* de Athall, el apuesto jefe de los ejércitos de su majestad. Mary intentó no mirar, a la espera de que él la ignorara. En su lugar, tomó asiento frente a ella y le levantó la barbilla. Le sonrió con franqueza y Mary vio su rostro sincero. Parecía tan joven y guapo que se preguntó qué había pasado con el bruto guerrero que conoció en Both.

—Estás muy hermosa, princesa del norte —dijo él al recordar las palabras de su amigo.

A su alrededor, las miradas se clavaban en ellos y se sintió terriblemente avergonzada. Todos sabrían que era la amante del noruego.

—¿Por qué haces esto por mí, Robert? —dijo en voz baja.

—¿Qué hago, Mary? Como aquí, contigo.

—Acudes siempre a mi rescate, me das falsas esperanzas sobre lo que valgo y sobre tus sentimientos.

Los murmullos crecieron a su alrededor como un enjambre de abejas atronador y Mary no lo soportó más, se levantó y con un golpe de sus manos los silenció a todos. El cabello, que les había costado tanto a las muchachas trenzarle, se deshizo cayendo sobre su espalda con rebeldía.

—¡Marchaos todos! —ordenó con voz gélida a la corte de su padre.

El sonido de su voz, elevado por encima de los susurros, resonó en todo el salón.

—Os lo ordeno.

Si se hubieran reído a carcajadas no le hubiera sorprendido tanto como el hecho del tronar de los taburetes al levantarse todos al unísono y obedecerla.

—¿Haciendo amigos, Mary? —Rio Robert, feliz al fin por ver que ella ya no se doblegaba ante nadie.

Le fascinaba esa nueva Mary que no se conformaba con lo que la vida le daba, sino que empezaba a tomarlo con fuerza.

—¿Qué te importa, noruego? ¿Qué te importo yo?

—No soporto que te hagan a un lado, mereces todo, Mary. Aquí no serás feliz.

—¿Ah, sí? ¿Y lo pensaste alguna vez en el camino de Both aquí? Ya no pertenezco a ningún sitio, me lo has arrebatado todo, hasta el corazón —gritó Mary enfadada—. Tienes miedo, noruego, miedo a llegar a sentir algo. Eres un egoísta, no me quieres a tu lado, pero tampoco me dejas marchar.

—No podía traicionar a mi rey.

—Pero a mí sí, ¿verdad? Mientras me creías una muchacha más, ya deshonrada, te divertía jugar conmigo. Noruego, nunca podrás amar a nadie, dudo que tengas algún tipo de sentimiento bajo tu coraza gris. —Mary sintió una fuerza dentro de ella, combativa y muy fuerte. Ya no había lugar para la Mary que enrojecía de vergüenza o se dejaba manipular—. Vete de aquí —escupió las palabras con despecho.

Robert se levantó de golpe. No era lo que pretendía al acudir en su ayuda. «Demasiado tarde», le dijo su corazón.

—No me des órdenes, mocosa, te lo dije una vez y no lo repetiré.

Mary se arrepintió al momento de sus duras palabras.

—Robert, yo... —acertó a decir, pero él ya, demasiado lejos de ella, desaparecía por la puerta.

No eran esas las últimas palabras que había pensado decirle, pero quizás era mejor así, despedirse como empezaron, luchando el uno contra el otro.

Capítulo 20

William Dougall entró en Dunfermline escoltado por Robert y Duncan, solo y desarmado, a pie y con la certeza de haber llevado suficientes hombres como para ejercer presión sobre el rey y salir vivo del castillo. La fría hoja de la daga escondida en su bota le daba seguridad. Había aprendido muchos trucos del hombre que caminaba a su lado, le extrañaba que el noruego hubiera pasado por alto ese detalle al desarmarlo, pero Robert parecía distraído e incluso taciturno.

—Y Mary, ¿cómo está? —preguntó William solo para sacarle de quicio.

—¿Del certero tiro que recibió de vos? Disparaste tu flecha contra ella, malnacido —contestó Robert furioso, provocando al Dougall.

Will se detuvo con una sonrisa en los labios, deseando que lo golpeara, pelear con él. Se midieron con la mirada enfrentada.

—Sabes que iba dirigido a ti y erré.

—Fue el corazón de Mary el que se equivocó, pensó que jamás la pondrías en peligro. Vuestra hermana debió de pensar lo mismo.

—Rose hubiera matado a Mary, la empujé, no tuve opción. ¿Quieres terminar esto ahora, noruego? —dijo William, y lanzó un golpe directo a la mandíbula de Robert.

Robert se preparó. Deseaba con toda su alma responder con sus manos, devolverle el golpe.

—Robert, trae al traidor. —La voz del rey lo paralizó, apretó los puños y lo empujó hacia su majestad con la promesa en la mirada de que no habían terminado.

Un movimiento cerca de las puertas de la muralla atrajo su atención antes de seguir a los otros hombres. Robert vio un carro que salía en ese momento. Los guardias gritaban al conductor que se diera prisa para poder cerrar la muralla y el hombre, evidentemente nervioso, se limpiaba el sudor con un sombrero de paño. A ambos lados dos muchachos ayudaban a mover a los caballos al tirar de las riendas. Había visto antes aquel carro y chasqueó la lengua ante la coincidencia: eran los judíos de Both, los amigos de Mary. Alrededor de todo el jaleo, Gael y Mortag apartaron a los soldados a empujones para que les dejaran pasar tranquilos. Se preguntó por qué la hija del judío vestía como un muchacho...

—¡*Mormaer*! —gritó Duncan impaciente.

Robert se giró con rapidez sin darle importancia al carro. Lo que menos le convenía ahora era hacer esperar al rey. Todos deseaban que aquel asunto del Dougall acabara cuanto antes.

Si hubiera permanecido un segundo más, atento al muchacho que caminaba junto al carro, hubiera visto bajo la capucha la tristeza en unos ojos verdes rasgados que lo miraban con el corazón roto.

El rey mantuvo a William Dougall de pie, en mitad de la sala, mientras escuchaba sus peticiones y exponía sus quejas. La mirada hastiada del monarca no engañaba a Robert y Duncan, se notaba que el muchacho no le gustaba. Will era demasiado altivo y orgulloso, pero la política no la dictaban las emociones, sino las alianzas apropiadas. La versión del Dougall casi insinuaba que Robert había entrado en Both sin ánimo de encontrar la paz, más bien imponiendo las armas, secuestrando a Rose y a Mary y asesinando a sangre fría a su padre.

Robert pensaba hasta cuándo podría seguir escuchando tantas tonterías cuando el rey intervino e hizo callar al muchacho con un gesto de la mano. Cambió de postura, en su trono de madera elevado en la plataforma, y suspiró.

—He de creeros en todo, William Dougall, excepto en una cosa. Aebron no me era leal, vuestro padre era un traidor.

El noruego llevó la mano a la empuñadura de su espada al ver cómo el rostro de Will perdía el color, transfigurado por la rabia.

—Restituiré vuestro título —siguió hablando el rey como si no viera su expresión—. Quedaos con lo que queda de Both y reconstruidlo, pero os mantendré vigilado.

La sorpresa se dibujó en el rostro del pelirrojo, pero se repuso enseguida y sonrió.

—Y a Mary White —dijo en voz alta y firme, acallando los rumores a su alrededor.

—¿Mary? —preguntó el rey con ironía—. ¿Os referís a la princesa, a mi hija? ¿Mary Canmore?

El noruego saltó con la espada desenvainada y el rey lo miró con furia.

—Mi hija está fuera de vuestro alcance, Dougall. Marchaos con lo que os doy: un castillo, un título y vuestra vida. No ambicionéis cosas que nunca podréis tener.

Will apretó los puños mientras la respiración se le aceleraba.

—Es mi prometida y vendrá conmigo —afirmó furioso.

—Mientes —gritó Robert, harto de tantas medias verdades.

Aplastaría el cráneo de Will si volvía a poner el nombre de Mary en sus labios. Sintió los brazos de Duncan al agarrarle para que no cometiera una locura, con dos hombres más que acudieron para detenerlo. Malcolm se rascó la prominente barba, estaba a punto de perder la paciencia.

—Dougall, solo quieres ser rey. ¿Qué harás con ella? ¿Matarla en cuanto te dé un heredero?

El silencio se apoderó de la sala. Todos conocían la historia de la muerte de Rose Dougall. El rey se levantó para detener aquella cháchara de enamorados.

—Solo hay una solución. Liam, trae a mi hija y que lo aclare —ordenó a un soldado—. Retrocede, *mormaer* de Athall. Si tocáis al Dougall, os detendrán mis soldados.

—No la hagáis venir, mi rey, no la hagáis pasar por esto.

—No quiere su testimonio porque sabe lo que dirá. Está enamorada de mí desde que éramos niños. Me elegirá —afirmó William con soberbia.

Robert reconoció en su interior que era cierto. Mary siempre lo había amado, pero, ¿y ahora? ¿Se marcharía con Will si él se lo pedía? ¿Después de todo lo que había pasado entre ellos?

—Ella no te importó cuando dejaste que la golpearan, abandonada a los castigos de tu madre. —Intentó zafarse de los hombres que lo sujetaban para ir a golpearlo, pero Duncan se lo impedía con su fuerza—. Te mataré si te atreves a tocarla.

—¿Sabe el rey que la has deshonrado? —Escupió William a la cara del noruego, atrapado entre sus propios hombres.

Robert palideció y dejó de oponerse a los que lo mantenían sujeto. Se giró hacia Malcolm con la mirada furiosa, no debía haber sucedido así. Lo desafió con sus ojos como nunca soñó hacerlo con su amigo.

—No la he deshonrado, mi rey. Me casaré con ella.

La sala quedó en silencio ante las graves acusaciones de ambos. Un asesinato, una deshonra y la traición de su amigo. Era demasiado para Malcolm. Se acercó furioso a los dos con la idea de matarlos con sus propias manos.

—¡Mi rey! La princesa no está.

Todos se giraron hacia el soldado que había entrado gritando. Robert alzó su espada hacia el cuello de William. El Dougall sacó la daga de su bota y lo amenazó con la hoja sobre el pecho del noruego. El rey fue rodeado por sus guardias. En un momento el caos se desató, estaban todos tan tensos que si hubiera caído una pluma en aquel salón se hubiera desatado un combate. Robert miraba a su oponente con furia, Duncan cubría su flanco descubierto, a la espera de quién sería el primero en lanzar un golpe.

Gael y Mortag entraron a la carrera en la sala, ganándose la atención de todos.

—*Mormaer*, nadie tiene a Mary —afirmó Gael—, la princesa ha huido.

Las espadas, cuchillos y dagas descendieron hasta convertir a los recién llegados en el centro de atención. Robert miró al muchacho y a Mortag. Llevaban demasiado tiempo a su lado como para saber que decían la verdad. Ellos la habían ayudado, habían traicionado su confianza al sacar a las mujeres del castillo y ayudarlas a huir.

—¡Mienten! —gritó Will—. La tenéis recluida y no queréis entregármela, perros.

La guardia de Malcolm se cerró alrededor del Dougall.

—¡Sacad de aquí a este estúpido! —gritó el rey, harto de aguantar tantas tonterías—. Dougall, coge tu ejército y tu título y sal de mi castillo —ordenó.

William sabía que era la única oportunidad de salir vivo de allí y envainó la espada.

—Que la guerra comience entonces, majestad. Si no entregáis a Mary, atacaré. Todo el oeste de Escocia me apoya y pronto los de MacBeth llegarán a vuestras puertas para reclamar a Mary. Pensadlo, Malcolm, tenéis tres días.

Lo vieron salir con la cabeza en alto y con la seguridad de saber que, a pesar de sus palabras de traición, nadie lo detendría. Era el código de las Highlands: había entrado en Dunfermline bajo tregua y debían dejarlo salir vivo del castillo.

Capítulo 21

—Por el noroeste viene MacBeth. A mis puertas tengo a un bardo enamorado que ha traído a lo que queda de los Dougall y a los Gregor, y además, que reclama tu cabeza. ¡Qué demonios crees que has hecho! —gritó el rey con ira, mirando a los ojos grises de Robert.

—Es mía. Mary es mía —contestó él con los dientes apretados.

—¿Tuya? Puede que la hayas deshonrado, que incluso esté enamorada de ti, pero no es tuya. Es de Escocia, es la madre de mis herederos y debía ser la mujer de mi enemigo. —El rey se cogió la cabeza con ambas manos y enterró su rostro en ellas—. Robert, precisamente te envié a ti, en quien más confío. Debías protegerla y no tomarla a la primera oportunidad.

Esa declaración de confianza perdida heló la sangre a Robert, apretó los puños con fuerza.

—Lo sé. Os he defraudado, mi rey.

—¿Mi rey? Tu rey te encarcelaría en el último rincón del mundo, en el último agujero podrido de Escocia por dividir su reino, maldita sea. —Malcolm calló, intentando controlar su ira y, al fin, suspiró derrotado—. Un rey haría eso, Robert, pero el muchacho que fui y ha cuidado estos años de ti y de Duncan, te diría que olvides a Mary, ella ahora es el corazón de la nueva Escocia.

—Entonces perdonadme, mi rey, porque esta será la segunda vez que traicione vuestra confianza.

Ante la sorpresa de Malcolm, Robert dio un paso hacia él con su espada corta en alto. La sostuvo contra su cuello para impedir que la guardia se acercara.

—¡Estás loco, muchacho! Te haré pagar por esto —bramó el rey.

—No te preocupes, Malcolm —le dijo en un murmullo junto al oído—. Te soltaré una vez que mis hombres salgan del castillo, después de atravesar las murallas con ellos. La encontraré, amo a tu hija —afirmó sin avergonzarse. Saber que ella se encontraba en mitad de dos ejércitos, sola y huyendo porque él no se había permitido mostrarle sus sentimientos, era más fuerte que cualquier otra cosa. No podía vivir sin Mary, sin su mirada verde, su forma de hacerle reír y desesperarse por su desobediencia, pero sobre todo por su forma de amarle sin condiciones a pesar de no merecerlo—. Pero no te abandonaré rodeado de enemigos.

Sea cual sea el castigo volveré a Dunfermline para enfrentarme, junto a ti, a los traidores.

—Ten cuidado, si vuelves te castigaré. Amigo, arriesgas demasiado —le advirtió el rey—. Esa chica es lista, burló mi vigilancia y a mis soldados, y lo peor, echó a perder al mejor de mis guerreros.

—Es Mary, mi señor. Puede ser la culpable de una guerra y de la derrota de un ejército mientras sonríe al hacerlo.

Una oscura sonrisa iluminaba su rostro al empujar al rey contra las murallas de Dunfermline e iniciar el galope seguido de sus hombres. Ahora debía atravesar las filas de sus enemigos y encontrar a Mary. Al menos tenía ventaja, sabía con quién se había marchado y adonde se dirigía.

Mary no recordaba lo mucho que picaba la lana de sus antiguas ropas. Los vestidos de la judía la habrían delatado, así que cambió uno por las ropas de una de las criadas. Una vez más se movió intranquila en el pescante de madera, entre Beltane y su padre. Miró hacia atrás, donde Lissie dormía hecha un ovillo, y se arrepintió de nuevo por haberla arrastrado a aquella huida.

—¡Por el amor del cielo, princesa, estaos quieta! —gruñó a su lado el anciano.

—¡Padre, no la llames así! Mary, solo es Mary —replicó Beltane, harta. Su padre, al final, iba a delatarlas.

—Ya hemos dejado atrás las patrullas, creo que todos podemos relajarnos un poco. —Rio Mary.

—Hemos pasado por delante de sus nobles narices con la hija del rey —dijo Aaron con regocijo.

Reía satisfecho mientras su robusto cuerpo se agitaba para alentar al caballo que tiraba del carro.

Mary suspiró una vez más. Beltane y su padre se habían arriesgado por ella, atravesando, primero, las murallas de Dunfermline y, después, el pequeño ejército de Will. Al ser judíos, los soldados los rehuían por el temor a las costumbres diferentes a las de ellos, y eso les había servido para escapar. Si lo habían conseguido, ¿por qué le pesaba tanto el corazón? Debía recomponer cada pedazo hecho trizas por Robert y aprender a vivir con los recuerdos que le quedaban de él.

Al anochecer vislumbraron la silueta del castillo de los MacNab. Los esperaban preparados, un grupo de soldados con Neill al frente los había escoltado el último día de camino. El jefe del clan ayudó a su hermana a desmontar y después fue hasta Mary.

—Gracias, Neill, por acogerme unos días, pero mañana mismo partiré —dijo Mary agradecida.

—Os dije, princesa, que por vos y por Escocia levantaría las espadas de los MacNab. Podéis quedaros el tiempo que queráis con nosotros —dijo incluyendo a sus amigos con la mirada.

—Te lo agradezco mucho, pero pasada esta noche seguiré sola mi camino, no deseo crearte problemas.

El jefe MacNab entornó esos ojos azules que tantos desmayos provocaban entre las muchachas y asintió muy serio.

—Él te encontrará, vayas donde vayas. No se rendirá, Mary, vi cómo te miraba aquella noche...

Lissie apoyó la mano sobre el brazo de su hermano para que callara y negó con la cabeza. Mary había sufrido tanto que no merecía perder al amor de su vida, que todo se convirtiera en una sombra de algo hermoso, y recordárselo sería un error.

Amaneció lloviendo. Las gotas golpeaban furiosas la madera del ventanal, igual que el día que llegó a aquel castillo con Robert, la noche en que se entregó a él. Debía haber comprendido entonces que el noruego no podía entregarle su corazón. Si alguna vez se casaba sería por orden de su rey, a cambio de tierras y riquezas. Pensar en que podía dar a otra mujer la ternura que le había dedicado aquella noche, le provocó náuseas. Las dichosas náuseas. Aún no estaba preparada para afrontarlo, debía concentrarse en huir.

Se acercó al arco de la ventana y abrió el

postigo de madera. Fue entonces cuando lo vio: un ejército armado con los colores del clan Athall y allí, ante las puertas cerradas del castillo, estaba el *mormaer* del norte sobre su caballo negro.

Robert iba con el rostro descubierto, las gotas cayendo sobre su recta nariz y sus ojos grises clavados en ella. Mary retrocedió, pero era tarde, él ya la había visto y la miraba fijamente. No parecía importarle estar mojado. La camisa se le pegaba al cuerpo marcando su torso, ni siquiera llevaba puesto el *cotum*, como si no le importara nada. Nada, excepto estar allí. Las piernas desnudas bajo su *plaid*, tensas, se clavaban en los flancos del animal. Llevaba a la espalda su *claymore* y la daga, preparado para la batalla.

La puerta de la habitación restalló al chocar con la piedra y Mary se sobresaltó al ver entrar a los hermanos MacNab.

—Te lo dije, Mary, estaba seguro de que te encontraría —afirmó Neill, apartándola de la ventana.

—¿Cómo ha podido averiguarlo tan pronto? Ha debido de cabalgar toda la noche para llegar aquí al amanecer —dijo Lissie.

—Vio a Beltane y a su padre salir de Dunfermline y lo supo —contestó Mary. Volvió junto a la ventana. Allí seguía sin mover un solo músculo, controlando su montura mientras la acechaba como un cazador a la espera de su presa.

—¿Qué ha pedido? —preguntó Mary a los hermanos.

Neill resopló.

—Dice que no se irá sin ti. Está dispuesto a sitiarnos si es necesario.

—No lo permitiré, Neill. Los MacNab no tenéis la culpa de mis actos. Saldré a hablar con él.

Lissie se acercó a ella y la cogió de las manos.

—Mary, si sales allí, se acabará, ¡te cogerá!

—De todos modos, hará lo que le venga en gana, vi lo que hizo en unas horas con Both. Destruirá vuestro hogar hasta los cimientos si no salgo.

—Le haré entrar al patio para que podáis hablar —dijo Neill antes de salir con la decepción marcada en su rostro. Mary le entendía. Él deseaba protegerla, pero su clan y su hogar estaban por encima de todo.

Una hora más tarde, las puertas del castillo se abrieron y Robert las traspasó solo, andando con las manos en alto y sin sus armas. Si Mary quería una prueba de su amor aquello debía ser bastante para demostrárselo. Jamás había entrado en la fortaleza de un enemigo desarmado y sin hombres. Si Neill quería matarlo una y mil veces por sitiar su castillo, no podría reprochárselo. De hecho, las murallas estaban llenas de hombres apuntándole con sus flechas.

La vio aparecer al salir de la torre, con Neill

y Lissie MacNab. Por un momento vislumbró la emoción en sus ojos, el brillo de alegría en sus ojos verdes y el semblante enrojecido por las lágrimas. La vio dudar, cómo apoyaba su mano sobre el pecho de Neill para detenerlo. Robert tensó la mandíbula, ante tal confianza, hasta que lo vio a él animándola a seguir.

Mary avanzó sola, con pequeños pasos hasta colocarse frente a él, aún lejos, como si temiera derrumbarse si se acercaba más. Ambos se miraron, intentando ver en los ojos del otro sus intenciones. Mary esperó lo que le pareció una eternidad a que Robert hablara, hasta que no pudo aguantar más la tensión.

—¿Qué quieres, Robert? —dijo al fin exasperada—. ¿Te envía el rey para llevarme de nuevo a la corte?

Robert fue consciente de su voz entrecortada y su inquietud, pero estaba paralizado. Él nunca quiso amar y ser amado, no quería dejar que sus sentimientos le nublaran el juicio y sus enemigos tuvieran una oportunidad para debilitarlo, pero era Mary. Ella o una vida en soledad que ya no deseaba. Quería la luz y el calor que ella le daba cada día desde que la vio en Both.

—¡Habla, noruego! —gritó Mary. Agarró con sus manos la falda de su vestido, con tanta fuerza que sentía los nudillos blancos.

El noruego admiró su rostro de líneas delicadas y sus ojos rasgados. El pelo le caía sobre los hombros, ya empapado, negro como la noche. Entonces comprendió que ella lo había derrotado. El mejor guerrero de Escocia enamorado como un chiquillo de aquella mujer que apenas le llegaba a la barbilla. Cayó, entonces, con el corazón roto ante ella, de rodillas. Humillado por las mil veces que la había utilizado y engañado, por destruir su hogar y culpable de saber que siempre la había amado a pesar de ser un bárbaro.

Mary contuvo el aliento. No podía creerlo. Aquel poderoso hombre ante ella, de rodillas y con la cabeza agachada, sin poder mirarla. A su alrededor, los hombres MacNab bajaban sus armas atónitos. Más allá de las murallas, los soldados del clan Athall se miraron sorprendidos. ¡Qué fácil sería para ella devolverle en ese instante cada momento de humillación y rechazarlo! Pero no podía, lo amaba más allá de toda razón. Se acercó hasta él y cayó con las rodillas al suelo, frente a él.

—Mírame, Robert. Esto no es necesario —susurró a la espera de que él levantara la cabeza. Cuando lo hizo el noruego, aún reticente, le acarició la mejilla con suavidad.

—No sé decir «lo siento», Mary. Dime lo que quieres y te lo daré. Si deseas que me vaya solo, lo haré. Si deseas volver a William Dougall, te llevaré hasta él, os protegeré ante el rey si es necesario.

Mary no pudo más. Apoyó sus manos sobre los anchos hombros del noruego y el calor de su cuerpo le hizo olvidar la lluvia y el frío.

—Robert, yo solo deseo estar contigo. No quiero riquezas ni a Will, lo que sentía por él no murió con Rose, sino cuando te vi por primera vez. Solo te pido que me digas lo que sientes por mí.

Sus ojos se miraban con el deseo de ambos por estar apenas a unos centímetros el uno del otro, y no saber acercarse.

—Quiero llevarte a mi hogar, que veas mi tierra y mi clan te adore tanto como yo. Te haré mi princesa, princesa del norte.

Mary sonrió. No sabía si eran lágrimas o gotas de agua lo que corría por su rostro. Antes de huir el noruego la había llamado así y no supo comprender que ya la amaba y pensaba llevarla con él. Se tiró a sus brazos y Robert la recibió en ellos. La besó con dulzura para borrar lo amargo de su pasado juntos.

Un rugido del exterior de las murallas los hizo separarse riendo; los soldados Athall los ovacionaron con alegría mientras su eco resonaba en el patio de los MacNab. No había mayor promesa de amor que aquella simple palabra que todos gritaban al intentar ayudar a su *laird*: «*Samán*, juntos para siempre».

Robert la ayudó a levantarse y apoyó su frente sobre la de ella.

—Mary, estás en peligro. Dunfermline está sitiado por los Dougall y debo una explicación al que debía ser tu marido. No puedo abandonar a tu padre. Es posible que no me deje luchar o me ahorque por traición, pero no podría perdonarme abandonarlo. Después, Mary, te doy mi promesa, nos iremos a casa.

—Lo comprendo, noruego. Debemos volver entonces —afirmó Mary.

—Mi valiente muchacha de corazón escocés, iré solo, pero antes debo asegurarme de que si algo me ocurre estarás a salvo. Debemos casarnos, ahora, esta noche. —Consciente de los errores del pasado, le cogió el rostro entre sus ásperas manos—. Cásate conmigo, Mary.

—Sin flores, sin familia...

—Sin flores, Mary, ahora esta es nuestra familia.

Robert dudó. No solo le arrebataba una vida cómoda, sino también una boda como ella merecía, la que hubiera tenido con MacBeth.

—*Samán*, Robert. Hagámoslo —asintió Mary—. Solo me arrepiento de que tengas que ir a la guerra por mi culpa.

—No, princesa. Haré la guerra para conquistarte, mi amor, para que el rey no pueda arrepentirse y deshacer lo hecho. Ganaré para que tenga su Escocia unida y nos dejen vivir en paz.

Capítulo 22

Duncan, Gael y Mortag fueron los testigos de su boda por el rito de los tartanes entrelazados. Como todo en la vida, Mary sintió que era precipitado, sin flores ni ceremonia, sin vestido de bodas y apenas invitados. Tal vez le bastaba con estar rodeada de aquellos amigos que había encontrado. Beltane y su padre estaban allí, y Lissie lloró durante todo el rito sobre el hombro de Neill. No hubo banquete ni grandes cenas. Una vez acabaron, Robert hizo firmar a todos los testigos para confirmar el matrimonio. Mary era suya y ni siquiera el rey podía separarlos ahora.

Mary vio cómo Robert recogía sus armas una a una mientras sus hombres le felicitaban. Tampoco habría noche de bodas. Mary comprendió que él se marchaba cuando levantó sus ojos hacia ella en un silencioso gesto de abandono. Le pedía perdón con la mirada. Se marchaba solo. Puede que se hubieran casado, pero algo los separaba de forma irremediable. Robert estaba convencido de que la amaba, pero dudaba de que el corazón de Mary fuera solo para él. William era una sombra entre los dos.

Comenzó a recoger sus cosas del banco, su capa y su bolsa, mientras él la seguía con la vista.

—¿Qué haces, Mary? —preguntó cuando ya era demasiado evidente.

—Voy contigo y no puedes impedirlo.

—No puedes venir —contestó el noruego de forma tajante.

Mary se dio la vuelta y se enfrentó al gris de sus ojos.

—Juntos le creamos, tú y yo, y juntos debemos acabar con Will. Dime, Robert, ¿vale la pena morir por Malcolm?

—Sí, por él y por su sueño. Es como un padre para mí. Algún día Inglaterra intentará destruirnos y debemos ser una nación unida. A cada paso dado junto al rey he comprendido que no importa quién se siente en el trono, pero sí esta tierra. Somos Escocia, Mary.

—Entonces, déjame volver contigo. Haré entrar en razón a Will, haré que abandone esta absurda lucha entre clanes.

Robert miró alrededor y se encontró con la mirada de MacNab. Ambos sabían que se iría sin ella, era muy probable que Malcolm, en cuanto lo viera, lo matara. Neill asintió con firmeza: cuidaría de Mary en su ausencia.

El noruego apartó las manos de Mary de sus brazos y, sin una sola señal de despedida, salió del salón seguido de sus hombres. Hasta la noche de su boda sentía la presencia de Will Dougall en aquel salón. Ni un solo deseo para que se cuidara, a Mary solo le preocupaba salvarle a él.

De nuevo vio cómo el noruego desaparecía seguido de sus hombres. En unos minutos el salón quedó vacío. Mary se cruzó de brazos. Si Robert pensaba que iba a dejarlo morir, estaba muy equivocado.

Capítulo 23

Nunca el salón del trono le pareció a Robert tan oscuro y sobrio como en aquel momento. Un sudor frío le recorrió la frente y sus manos agarrotadas se convirtieron en puños cerrados. Su determinación durante el camino a Dunfermline se quebraba al ver a los soldados que lo esperaban formando un pasillo para que llegara ante el rey.

El lugar estaba abarrotado, todos observaban expectantes lo que Malcolm había reservado como castigo para él. La voz se había corrido entre los miembros de la corte con rapidez.

Demasiados años al lado de Malcolm le decían que le esperaba una muerte segura. Robert había cometido un crimen peor que la traición, había defraudado por completo al hombre que siempre confió en él, su amigo y maestro.

Robert se enfrentó a la mirada oscura de su rey y dejó que los hombres de la guardia lo desarmaran antes de poder acercarse al trono. Malcolm buscó entre sus soldados a Liam y le pidió su espada con una señal, mientras el noruego lo seguía con la mirada.

Había dejado a sus hombres en el patio junto a Duncan. Esperaba el castigo del monarca escocés y ninguno debía interferir. Sabía el riesgo que corría al incumplir las órdenes de Malcolm y ahora debía enfrentarse solo a su castigo.

—¿Y mi hija, Robert? —le preguntó Malcolm mientras se acercaba. Su apariencia tranquila no engañaba a Robert, bajo la capa de hombre sereno se encontraba un hombre furioso.

—Está a salvo —contestó, midiendo su tono y sus palabras—. Me he casado con ella —soltó al fin.

—¡Me has desobedecido! —gritó Malcolm.

El primer impulso de Robert fue coger su arma y el gesto que hizo para sacar su espada no pasó inadvertido para el rey, que sonrió al verlo tocar su cinto vacío.

—¿Levantarías tus armas contra mí, Robert? ¿Por una mujer? ¡Qué frágil es la memoria de un hombre!

—Nunca me enfrentaré a vos con un arma en la mano, mi rey. Vengo a luchar a vuestro lado —dijo Robert, postrando una rodilla en el suelo frente a él.

A Malcolm pareció enfurecerle aún más su gesto de sumisión que cualquier replica o acto de defensa que Robert pudiera hacer. Avanzó hasta él y Robert lo sintió: la cólera que su amigo iba a descargar sobre él. Liam arrastró con la bota un taburete y con mano firme apoyó la cabeza de Robert en él.

Malcolm iba a cortarle el cuello. Su primer pensamiento fue para Mary. La convertía en viuda antes que en esposa y esperó que ella comprendiera sus razones para volver a la corte: la necesidad de cumplir con su obligación y su honor.

—¡Aparta, Liam! Debo hacerlo yo. —Escuchó Robert decir al rey mientras apoyaba la cabeza con la mirada fija en el suelo.

Los murmullos de la gente a su alrededor se fueron silenciando al comprobar la determinación de Malcolm. Cerró los ojos y evocó el rostro de Mary como despedida.

—¿Algo que decir antes de morir, Robert? —Escuchó preguntar a Liam en un intento por detener la ejecución.

—¡Me he equivocado, mi rey, por amor, pero no me arrepiento! ¡Hazlo, Malcolm! —gritó Robert.

—¡Por Escocia! —gritó su rey.

Robert esperó la descarga sobre su cuello y, en lugar de eso, Malcolm le agarró del pelo y le obligó a echar la cabeza hacia atrás. En un acto reflejo, Robert agarró la hoja de la espada con las manos. El rey deslizó la hoja por la palma de ambas, dejando a su paso un reguero de sangre, mientras la mirada de ambos se cruzaba sin rencor, el reconocimiento de una amistad más allá de toda duda. Robert soltó la hoja, aceptando su castigo fuera cual fuera. Malcolm, con el arma libre, le rozó con el filo la mejilla, mientras su garganta emitía un gruñido de frustración.

Robert lo vio arrojar el arma al suelo y volver al trono. La sangre comenzó a recorrer su rostro, en la fina línea que la espada había recorrido en su mejilla.

—¡A las armas, Robert de Athall! Gana esta guerra para mí y para Escocia, y serás libre —gritó hacia la muchedumbre, tal vez para justificar su leve castigo.

El noruego se levantó del suelo y salió del salón. Liam, con una sonrisa, le tendió todas sus armas al salir y Robert fue a reunirse con su gente, alegre de estar vivo para Mary.

Capítulo 24

La lluvia de los tres últimos días había cesado, pero el cielo no llegaba a abrir. Negros nubarrones se cernían sobre toda la extensión de tierra que quedaba a sus pies. Entre ellos y el castillo no solo se extendía el paisaje que formaban los meandros del río y el fiordo, sino también los Gregor y lo que quedaba de los Dougall luchando contra los hombres del rey. Al este, el clan MacBeth parecía esperar. Mary jadeó ante la visión que tenían delante, era el fin de Escocia y el final del sueño de Robert y del rey de una nación unida. Suplicó en silencio mientras descendían la colina.

Los gritos de los hombres se oían sobre la fuerza del viento, un sonido ensordecedor de gemidos y exclamaciones ahogadas en medio del horror de la guerra. Los hombres de Robert estaban rodeados y en minoría. Con la mirada recorrió los rostros de los que luchaban, incapaz de distinguir sus caras y los colores de los *plaids* que llevaban. La sangre y el barro cubrían a todos, desde los que agarraban sus armas y las descargaban con cólera hasta los asustados que solo se defendían. Un soldado llamó su atención en el mismo centro de la lucha, y supo que era su marido. Se irguió en el caballo para verlo mejor. Allí estaba Robert al frente de sus hombres, su mirada estaba llena de furia y su brazo descargaba golpes con la hoja de su espada.

Mary vio con horror cómo los MacBeth se preparaban.

—Neill, debemos acudir en su ayuda, van a matarlos a todos.

—¿Estás segura de esto, Mary? Podrías perder a Robert para siempre, el orgullo de un hombre es complicado a veces —le advirtió Neill.

—Es demasiado tarde para hacer entrar en razón a Will. Iré a hablar con Rory MacBeth. Empecé esto y debo ser quien lo termine.

Lissie avanzó para ofrecerle su apoyo.

—¿Lo has pensado bien, Mary? ¿Crees que Rory te escuchará? Es probable que te mate.

—Sería lo mejor. Robert es lo único que me importa. Tengo que hacerlo, Lissie, entiéndelo.

Mary miró hacia atrás con recelo, un ejército la seguía bajo la bandera de Escocia. Los MacNab habían llamado a las armas a los clanes vecinos, unidos para seguir a la hija del rey y salvarlo del desastre.

Neill se colocó al lado de ambas.

—Hay que atraer la atención de los hombres. Mientras entramos en lucha, sola debes convencer a MacBeth. Funcionará solo un rato. Haz que tome partido por nosotros y pronto, Mary. —Solo esperaba que el noruego no lo matara por dejar a su esposa sola junto al campo de batalla.

Robert intentó aclarar la vista, limpió el sudor de su frente con el antebrazo sin poder creerlo. Una mujer a caballo iba al frente de los hombres, envuelta en el tartán de los Athall sobre un vestido azul. Era su mujer y junto a ella los hermanos MacNab.

—Voy a matar a Neill —rugió Robert, llamando la atención del rey a su lado.

—¿Qué diablos...? —gimió Duncan.

El rey se incorporó con sorpresa tras dar un traspié en el lodazal. A su lado, Robert antepuso su brazo y lo libró de caer.

—¿Esa es mi hija? ¿Es Mary? —preguntó atónito.

—Es mi mujer —gritó Robert furioso—. ¿Dónde cree que va?

—Creo que intenta parar una guerra —dijo Malcolm con orgullo.

Mary escogió cinco hombres de los MacNab y cabalgaron rodeando el río hasta la posición de Rory MacBeth. Él habría sido su esposo si hubiera obedecido a su padre. El clan se abrió para dejarle paso hasta la ribera del río, donde su jefe la esperaba de pie, con todo el peso de su cuerpo apoyado sobre la empuñadura de su *claymore*.

Había esperado a un hombre mayor, casi un anciano. La verdad es que nadie le había hablado de Rory y no tenía nada que ver con lo que había imaginado. Ahora sabía por qué Robert nunca le había contado nada de él, era bastante atractivo.

Rory MacBeth la miró con interés.

—¿Sois mi prometida, Mary Canmore? —preguntó con bastante confianza en sí mismo.

—Soy la hija de tu rey —afirmó Mary sin bajar del caballo—, tu princesa —dijo en voz alta mirando a su alrededor. El *laird* hizo que sus hombres bajaran la cabeza con respeto, pero él se mantuvo erguido.

—Así que Malcolm ha entrado en razón y te envía a mí.

Sintió la mirada negra de MacBeth atravesando sus ropas al calibrar cuánto valía, cuántos hijos le daría, cuánta riqueza traería con ella y cuánto placer podía darle.

—Rory, estás sitiando al rey, mi padre, y a mi esposo. No me envía nadie, vengo a ordenarte que te retires.

—No recibo órdenes de una mujer. ¿Has dicho esposo? ¿Robert de Athall? —Era el único loco que podría haber desobedecido al rey.

—En efecto —dijo Mary—. Tengo un trato: si te retiras y no tomas partido por los Dougall, serás recompensado.

Rory rio al malinterpretar sus palabras como un ofrecimiento.

—¿Qué me impide llevarte ahora conmigo o matarte, mujer?

—Nada, pero tal vez esté ya embarazada del noruego y él te perseguirá hasta matarte a ti y a los tuyos. Si aceptas mi recompensa, el rey te dará un título y una esposa.

Rory pareció sopesar la propuesta. Malcolm tenía otras dos hijas.

—Hecho, princesa, pero me gustará ver la reacción de vuestro padre cuando le comuniquéis que ahora tengo el control de las rutas marítimas del este.

—MacBeth, no tendrás nada si dejas que mueran en la batalla.

Rory rio y negó con la cabeza. Pensativo, inclinó su espada hacia delante y atrás, perdiendo un tiempo precioso. Finalmente, la clavó en el suelo.

—Trato hecho, Mary Canmore.

Capítulo 25

Robert luchaba por su vida con la mente puesta en su esposa. ¿Dónde se habría metido Mary? ¡Maldita mujer! Lo había seguido y ahora podía estar muerta en cualquier sitio. Iban a vencerlo, lo sabía, había estado en demasiadas batallas como para no ver que, en cuanto el ejército de MacBeth cargara contra ellos, estaban muertos.

Frente a él apareció William Dougall. No podía creerlo, ¡por fin, frente a frente! Esa era la hora. Se limpió el rostro y se preparó. El muchacho estaba cambiado, no solo era su mirada, sino también su aspecto, más adulto y formado.

Un grito de guerra los distrajo. Los MacNab, un gran número de hombres de diferentes clanes, y MacBeth surgieron de la nada arrasando a su paso a sus enemigos. El curso de la lucha cambió en segundos.

Will también lo vio. No se esperaba aquella traición y al momento supo quién era la culpable. Mary estaba en la colina junto a otra mujer, debía de haber sido ella. Miró a su clan caer en tropel bajo las espadas, solo quedaba una alternativa.

Robert lo vio girarse para huir. ¡Otra vez no! Esa vez no se le escaparía.

Mary gritó cuando vio correr hacia ellas un soldado que escapaba de la lucha con la espada desenvainada. Robert lo seguía a distancia y gritaba algo que desde donde estaba no podía oír. Estaba a punto de montar con Lissie cuando reconoció su pelo cobrizo y la forma de moverse. Will.

—Lissie, márchate.

—No te dejaré sola, Mary —gritó asustada.

—¡Vete ya! —gritó a su vez Mary. Golpeó las ancas del caballo e inició la carrera colina arriba, llevándose a Lissie.

Sintió el impacto al momento. Cayó sobre ella con todo el impulso de la carrera y ambos acabaron en el suelo con los cuerpos entrelazados. El golpe le había hecho perder la respiración. Su primer impulso fue cubrir su vientre, preocupada. William bajó su mirada asqueado. Mary no lo esperaba y él le dio una bofetada. Notó el sabor de la sangre antes que el dolor de la mejilla.

—Will, ¿por qué me has pegado?

—Llevas dentro un hijo suyo.

—No lo entiendes. Traté de explicártelo en la cañada, solo piensas en la venganza y te está destruyendo.

—¡Cállate, Mary! Lo has estropeado todo, lo has echado a perder.

—Habla conmigo, Will, entra en razón —trató de tranquilizarlo con la mano puesta en su mejilla, pero él la apartó.

—Sigues sin entender. Durante años hostigué a los otros críos para que se burlaran de ti y poder ser yo tu caballero salvador, como tú querías. Emponzoñé la mente de Aebron para que siguieras siendo una simple criada y no pudieras salir de Both. Yo te creé como eres y te hice para mí porque sabía que algún día podrías reclamar Escocia.

Lo miró horrorizada. ¡Todos aquellos años de castigos y burlas eran culpa de Will!

—El padre Donald lo sospechaba, por eso siempre intentó mantenerme lejos de ti. Siempre me dijo que eras poco para mí, pero era aún peor, me has torturado durante años para mantenerme en la soledad.

—Debí matarlo hace tiempo —escupió Will—, el cura me vigilaba continuamente, si no hubieras sido mía antes que del noruego.

Mary intentó acercarse, pero él volvió a retroceder.

—No puedo creerlo, Will. Tú no eres así, no puede ser que durante años me engañaras con tus mentiras.

—Estoy harto, no has aprendido nada, Mary, y yo he dedicado mi vida a moldearte, ¡a que no supieras vivir sin mí! —le gritó con la espada en alto.

Robert lo agarró del *plaid* en cuanto llegó hasta Will y tiró para separarlo de ella. El Dougall fue rápido, se incorporó y con un golpe desarmó a Robert.

—Ella te hace débil, noruego —dijo Will con desprecio—. Es la segunda vez que consigo desarmar al *mormaer* de Athall. —Rio nervioso— ¿Qué ha sido del temible guerrero, el mejor soldado del rey?

Robert aceptó su destino como un soldado, la punta de acero tocaba su corazón. ¿Qué sería ahora de Mary?

—Arrodíllate, noruego —ordenó Will.

El noruego, con la mirada impasible, aceptaba su destino. Mary pensó en empujar a Will, pero no tenía suficiente fuerza para derribarlo. Rozó con sus dedos la punta de la daga y la sacó despacio de entre los pliegues de su vestido. No podía hacerlo.

Robert vio el arma y el tormento que ella sufría en ese instante. Mary debía elegir, salvarlo a él o matar a William. Desde que la conoció siempre había sido así, William o él.

Frente a ella estaban su marido y su amor de juventud, no era capaz de deshacerse del pasado y seguir adelante. ¿Por qué dudaba? Su futuro y su corazón estaban junto a Robert. Una parte de su mente aún oía la risa de Will, la de un niño de pelo cobrizo, delgado y arrogante, que jugaba con espadas de madera, retaba a los mayores y lanzaba embates a un muñeco de paja mientras ella le aplaudía. Era el amor de una hermana lo que frenaba su mano. ¿Era capaz de herir a Will?

La hoja de la espada se clavó en la piel de Robert mientras se arrodillaba. Will lo agarró del pelo, dispuesto a acabar con él.

—No la mires, noruego. Mary siempre ha sido mía —dijo Will, consciente de su victoria.

Los ojos grises de Robert no se apartaban de los suyos, se despidió de su breve sueño de ser feliz. Will tomó fuerza, tensó los músculos del brazo. Mary se levantó con una fuerza que no sabía que tuviera y clavó la daga en el hombro del pelirrojo. William apenas sintió un pinchazo, pero lo suficiente para distraerlo y que el noruego le arrebatara la espada y la clavara en su estómago hasta la empuñadura.

William se giró atónito para mirarla y arrancó la daga. Con los ojos muy abiertos sostuvo en sus manos la empuñadura que grabó durante horas para Mary, cuando eran niños. Intentó acercarse a ella, pero trastabilló y cayó al suelo. El noruego le quitó las armas y Mary cayó a su lado. Los ojos azules de Will estaban nublados y se agarraba a la espada clavada.

—Le queda poco tiempo, Mary —susurró Robert, consciente de la mirada de dolor de su esposa.

—¿Por qué, Will? Todo podría haber sido diferente.

—Dile la verdad al noruego.

—¿La verdad? ¿Qué verdad, Will?

—Que me amarás siempre, nunca podrás olvidarme.

Mary se apartó sorprendida y vio cómo la vida de Will se apagaba. Incluso en esos momentos iba a dejar sembrada la maldad. Fueron sus últimas palabras envenenadas antes de morir. Se dejó levantar por Robert y él la abrazó. Se dejó atrapar por su calor mientras las lágrimas caían sobre el noruego.

Epílogo

Era la noche de Beltane. Al día siguiente sería uno de mayo y decenas de hogueras iluminaban las laderas hasta llegar a la costa. El enorme salón del castillo de los Athall se llenaba de música y risas. Robert los escuchaba desde la torre cuando el grito del bebé se dejó oír por encima del estruendo de la fiesta.

—¡Un niño! —gritó Annie, la vieja doncella de Mary. La había traído al norte junto al padre Donald, a su hogar.

La buena noticia corrió por toda la fortaleza y un mensajero, ya preparado en el patio, salió a caballo para llevar su mensaje al rey. Llamaron Duncan al primer príncipe de Escocia, en honor a su amigo. Sería la primera vez que un rey dejaba a su descendencia el trono y no era elegido por un consejo.

Robert miró a su hijo y a su esposa, tumbados sobre la cama en la cual él mismo había nacido. Ahora eran todo su mundo, atrás quedaban las dudas y el muro infranqueable que había entre ambos. La muerte de Will no haría que Mary lo olvidara, pero había aprendido que un corazón puede curarse y amar de nuevo. Mary y él eran almas con demasiado peso a sus espaldas, se merecían la oportunidad de comenzar juntos y ser felices.

Supuso que la noticia haría que su amigo Malcolm saltara de alegría, aunque seguramente Rory MacBeth les declararía la guerra, ahora que sabía quién era el heredero de Escocia.

—¿Qué ocurre, Mary? —preguntó Robert al ver a su esposa intentar incorporarse.

—¿Sabes que hoy es mi cumpleaños? —dijo con una sonrisa en los labios. Estaba hecha un desastre, con profundas ojeras y el rostro perlado de sudor—. Duncan ha nacido el primero de mayo, como yo.

—¡Maldita sea! No lo sabía, Mary. Es tu cumpleaños y no...

—Ssshh —le dijo poniendo sus dedos sobre los labios de su noruego y señalando al pequeño que dormía en sus brazos—. Solo espero que a Annie no le dé por llamarlo Bethoc por todo el castillo.

Robert le sonrió con ternura.

—Entonces te debo un regalo, Bethoc.

Desde la batalla en Dunfermline, los hombres de Athall comenzaron a llamarla Bethoc, como antes ocurriera en Both, y ya solo unos pocos la llamaban Mary. A Robert le encantaba ver cómo aún se sonrojaba cuando él la llamaba así.

—¿Eres feliz, Robert? —le preguntó al verlo observar al niño, perdido en sus pensamientos.

—Solo recordaba el día en que casi te pierdo en Dunfermline. No hemos vuelto a pronunciar su nombre ni me has contado lo que él te dijo ese día.

Mary sonrió. Si para ella William ya no era una sombra del pasado, tampoco debía serlo para su noruego.

—Lo amé mucho, Robert, hiciera lo que hiciera.

Su temible guerrero contuvo la respiración y le acarició la mejilla. El carácter de Robert había cambiado tanto esos meses, que la gente de su clan aún se sorprendía cuando lo veían reír y bromear a todas horas.

—William siempre formará parte de mí, como nuestras cicatrices, guerrero. Se han cerrado, pero siempre estarán ahí, nos hacen ser quienes somos ahora. Te amo, noruego, nunca lo pongas en duda.

—Te amo, *min prinsesse* —respondió Robert en noruego.

Por primera vez en toda su vida, al fin la felicidad parecía posible.

Nota de la autora

Esta novela está basada en una época oscura de la historia escocesa. En efecto, son los orígenes de la nación que más tarde conoceríamos como Escocia. Algunos castillos y personajes han sido adaptados al relato, pero otros forman parte de la historia. Malcolm II se cree que vivió más de 80 años, no tuvo hijos varones y sí tres hijas que casó con diferentes *mormaers* o condes para unir sus territorios bajo una misma bandera. Bethoc o Mary, como la he llamado en esta novela, está basada en el personaje real, igual que Robert. Duncan, el hijo de ambos y nieto de Malcolm II, se convirtió en rey contra todo pronóstico e inició la dinastía Dunkeld de reyes escoceses. A partir de ese momento, la sucesión de la corona se marcó por el parentesco y no por elección. Una de las hermanas de la Bethoc real traicionó al rey Duncan y se

casó con MacBeth, lo que años más tarde ins-
piraría la tragedia más conocida de todos los
tiempos y la mítica frase que todos recorda-
mos: «Ser o no ser».